우는 아기 달래는 법
199

* * *

Julian Orenstein. M. D.

Why are you crying?

How can I cope?

우는 아기 달래는 법 199

첫판 1쇄 펴낸날 2004년 3월 27일

지은이 줄리언 오렌스테인 Julian Orenstein
옮긴이 정현경
펴낸이 문종현
펴낸곳 도서출판 달과소
출판등록 2004년 1월 13일 제 2004-6호
주소 고양시 일산구 장항동 730-1 양우로데오시티 750호, (우) 411-380
전화 031-817-1342 팩시밀리 031-817-1343
홈페이지 http://www.dalgaso.co.kr
인 쇄 신우문화인쇄
디자인 이은주

ISBN 89-953886-7-6

* 잘못된 책은 바꾸어 드립니다. 책값은 뒤표지에 있습니다.
* 원서에는 365가지 기술이 수록되어 있었는데,
우리나라 사정에 맞지 않는 항목과 비슷한 내용을 정리하여 199가지로 엄선하였습니다.

우는 아기 달래는 법
199

줄리언 오렌스테인 Julian Orenstein, M. D. ▌정현경 옮김

달과소

Contents

0~3개월
The First Weeks of Infancy

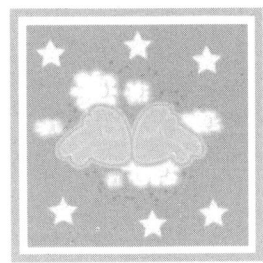

3~12개월
Babyhood

12~24개월
Toddlerhood

| 들어가며 |

　알람시계처럼 매일 새벽 2시, 몇 시간 뒤 새벽 5시에 한 번 더, 생후 1개월 된 딸 조의 날카로운 울음소리가 잠자는 내 머릿속을 뒤흔든다. 거의 경련을 일으킬 것 같은 날들의 연속이다.

　아내는 열렬한 모유 수유 신봉자이기 때문에 나의 역할이라곤 기저귀를 갈아서 얼른 아내에게 (물론 아내도 비몽사몽인 상태다.) 넘기는 것이다.

　그러나 조가 아무리 온 힘을 다해 운다 해도, 조의 오빠들인 알렉산더와 나단과는 비교도 안 되었다. 얼마 전까지만 해도 우리 집에는 세계 울음 챔피언들이 있었다. 늦은 밤 조의 청각 공격을 시작으로 알렉산더의 단발 사격, 나단의 집중 사격하듯 울어대는 심야의 울음소리 앞에서는 두 손을 들고 말았다.

소아 응급센터 전문의인 나와, 예전에 NICU(신생아 집중 병동)의 간호사였던 아내가 있어 대부분의 여느 부모들이 밤마다 겪는 불안은 없었다. 아기가 이렇게 심하게 울어대는 것은 아주 무서운 병에 걸렸거나 참을 수 없는 고통 때문일 거라는 불안 말이다. 우리 부부가 스스로에게 또 서로에게 끝없이 되뇌었듯이, 이렇게 우는 것은 단지 폐 기능에 좋은 운동일 뿐이라고 생각하는 것이 고작이었다. 다만 병적이라고 한다면 불쾌하지만 일과성으로 끝나는, 섬뜩한 야행성 생물로 변해 버리는 그런 변신일 것이다.

이런 이유로, 우는 아기를 달래는 방법은 별 어려움 없이 자연스럽게 나왔다. 매일, 매주, 매달, 그리고 해를 거듭할수록 우는 아기를 달래는 기술을 익혀갔다. (어떤 때는 하룻밤 사이에 알아내기도 하였죠!)

집 밖에서는 직장인 소아 응급센터에서, 특히 새벽 한두 시에 불안에 떠는 부모들로부터 질문을 많이 받았다.

"우리 아기에게 아무 일도 없는 거 맞죠?"
"다른 아기들도 이렇게 울어대나요?"
"정말로 아무 일도 없는 거 확실해요?"
"선생님은 아기가 울 때 어떻게 하나요?"
"여기 다른 의사들은 없나요?" (물론 있지만 내가 유일한 소아과의사인걸요.)
"이렇게 우는 게 정상이고 우리 아기, 정말로 아픈 게 아니라는 거죠?"

이런 부모들에게는 이렇게 대답해 줍니다.

"울음소리는 엄청난 스트레스입니다. 하지만 그 스트레스는 부모들만 받지요. 전에 '이렇게 했더니 울음을 그쳤다.' 등의 방법은 없습니까? 먼저 그런 경우를 생각해 보세요. 한번 들은 방법은 다시 들을 수도 있습니다. 만약 그게 안 듣는다면, 전에 한밤중에 여기로 찾아온 다른 부모들에게서 들은 여러 가지 방법들이 있습니다."

보통 아기는 진찰 순서를 기다리는 사이 울음을 그치고, 가족은 (1)우리 아기는 건강해. (2)우리만 이런 상황을 겪는 것이 아닐 거야. (3)머지않아 이런 시기가 지나갈 거라고 안심하면서 집으로 돌아간다.

왜 그렇게 많은 방법이 필요하단 말인가? 몇 가지 방법으로는 효과가 없다는 말인가?

물론 효과는 있습니다. 그러나 울음에 대한 힌트를 많이 주는 데는 여러 가지 이유가 있습니다.

첫 번째로, 아기에 대한 한 가지 중요한 사실을 이해해야만 합니다. 울음은 아기의 '언어'로 자기의 욕구를 음의 고저와 강도를 달리하여 표현합니다. 말과 행동이 아닌 다른 수단으로 남에게 표현해야 할 때, 당신이라면 어떻게 할 것인지 잘 생각해 보세요.

두 번째로, 일반적인 양육과 아기를 돌보는 것에 관한 책은 많이 있습니다. 하지만 아기가 울 때 어떻게 해야 하는지 특별히 서술되어 있는 책은 부족하고, 이 책에서처럼 실질적인 방법을 소개하는 책은 없습니다.

저명한 소아의 T. 베리 브라셀턴(T. Berry Braselton) 박사는 울음소리를 곧 '언어'로 정의합니다. 그에 따르면, 울음소리에는 고통, 배고픔, 새벽 울음, 지루함, 불편함, 그날의 마지막 울음 욕구 등 6가지 유형이 있다고 합니다. 그는 각기 다른 울음소리를 구별하는 방법을 배우면, 울음소리의 목적을 이해할 수 있다고 합니다.

그의 말대로 아기의 욕구와 각기 다른 표현 방법을 이해하면, 울음을 달래는 일은 훨씬 쉬워집니다.

그래서 이 책의 대부분은 아기의 욕구와 표현 방법, 성격을 이해하여 아기가 울음을 통해 무엇을 전달하고자 하는지를 알아내는 방법들에 관한 내용입니다.

서둘러 치료해야 할 상처와 병

이 책의 또 다른 중요한 주제는 의사를 의지해야 할 경우에 대한 것입니다.

의사는 울음의 원인이 의학적인 것인지 비의학적인 것인지 구별할 수 있습니다. 또, 아기의 행동과 감정적인 욕구를 잘 이해하고 있습니다. 아마 울음에 대한 질문을 수없이 받았기 때문일 겁니다.

의사의 치료를 요하는 문제로 운다면 보통 다른 증상도 함께 나타나지만, 때때로 울음이 병의 첫 번째 신호일 수 있습니다. 어딘가 문제가 생겨 치료가 필요해서 우는 것 같다면 의사의 진찰을 받아야 합니다.

그럴 경우, 의사의 지시를 잘 숙지하고 따라야 합니다. 친절하고 인간미가 넘치는 의사 앞에서는 오히려 수동적인 자세가 되어 정확히 물어보지 못하는 엄마들도 종종 있습니다. 진찰 순서를 기다리고 있는 아기들로 꽉 차 있는 대기실을 보고, 쓸데없는 질문을 해서 의사 선생님의 시간을 뺏고 싶지 않을 겁니다. 그러나 왜 투약하는지, 투약 방법과 시간에 대해 잘 이해하지 않으면 아기에게 큰 해를 입히게 됩니다.

응급 치료가 필요한 경우는 다음과 같습니다.

- 지방질이 (누렇고 팝콘처럼 생긴) 보일 정도로 깊게 베인 상처
- 다리에 체중을 실지 못하는 경우
- 팔다리가 뒤틀렸을 경우
- 멍이나 부기로 다른 이상이 생길지 의심이 가는 경우
- 머리를 다쳐 의식이 없거나 구토, 시각에 문제가 생겼을 경우
- 복부(腹部)의 상처로, 구토 또는 소변에 피가 섞여 나오는 경우
- 등의 상처로, 상처 부위보다 아래쪽이 약해졌거나 마비된 경우

빨리 진찰받아야 할 증상은 다음과 같습니다.

- 호흡 곤란으로 손과 발, 입술이 이상한 반응을 보이거나 푸른빛이 돌 경우
- 복통으로 고열과 구토, 식욕이 없거나, 먹으면 오히려 나빠질 경우
- 외상이 없는데도 열과 함께 손발을 잘 움직이지 않을 경우
- 두통
- 계속 이유도 없이 아파할 경우
- 전에도 앓았던 적이 있었던 병인데, 약이나 치료가 듣지 않을 경우

성장별로 노하우를 소개

아기가 자라고 발육이 진행되면서 울음의 원인과 울음에 따른 언어는 발달해 갑니다. 그래서 이 책은 0-3개월, 3-12개월, 12-24개월로 연령별로 구분되어 있습니다.

어느 장에서도 울음의 원인을 밝히고, 재밌고 유익한 해결법을 소개하고 있습니다. 어떤 경우에는 새로운 시점에서 아기의 세계를 펼쳐보입니다. 때에 따라서는 무언가를 사야 하거나 해야 할 경우, 누군가에게 부탁해야 할 경우도 있습니다.

아기가 혼자 있는 것이 싫어서 우는 울음까지도, 이 책에서 무언가를 해주기 위해 애를 썼습니다. 조언 중에 일부, 무턱대고 집에서 육아를 해야 한다는 조언이 있어도 화내지 마십시오. 가정에 아기가 있다는 것은 가사일도 있다는 것으로 요리, 청소, 쇼핑을 위해 쓸 수 있는 모든 에너지를 다 쏟고 있을 겁니다.

또, 여자에게 모든 것을 시킨다는 여성 차별 이야기와는 거리가 멉니다. 집에 돌아와서 아이들을 돌보는 아빠에게 있어서도, 일도 가사일도 육아도 척척 해내는 엄마에게 있어서도 아기가 있을 때 맞닥뜨리는 문제는 같습니다.

마지막으로 아기가 심하게 우는 탓에 가끔 덕을 보는 경우도 있습니다. (버스나 지하철에서 자리를 양보 받는다든지, 할인매장 등에서 먼저 계산을 하는 등의 일.)

자, 이제부터 행운을 빕니다.

아기의 말썽 많은 울음을 달래기 위해 고안된 제품들과 육아를 하나하나 이해할 수 있도록 도와주는 책은 수없이 많습니다. 어떤 것이 좋은 방법인지를 명확히 알려주기 위해 최선을 다했습니다만, 그런 방법들이 효과가 있을지 보증할 수는 없습니다. 그냥 한번 시도해 보십시오.

홀로 집에서 불안하고 힘들 때 이 책이 있다는 걸 생각하세요!

줄리언 오렌스테인

0~3 개월

The First Weeks of Infancy

Alexander himself was once a crying babe.

알렉산더 대왕도 한때는 울고 보채는 아기였다.

- Vergilius -

0-3개월

01 울음소리를 구별하는 법을 배우세요!

아기의 울음소리가 평소와 다르다면, 아기가 통증을 느끼고 있거나 병에 걸렸다는 신호일 가능성이 높습니다. 낳은 지 며칠만 지나면, 엄마는 아기의 울음소리에 익숙해질 겁니다. 아기가 커갈수록 엄마는 아기가 울음소리를 통해 자신의 욕구를 표현한다는 걸 알게 됩니다.

아기가 계속해서 귀가 찢어질 듯 울어대면, 병원에 가서 진찰을 받아야 합니다. 각막의 가벼운 긁힘 등 눈에 보이지 않는 상처를 입었을 수 있으니까요. (이에 대해서는 뒤에서 좀 더 자세히 다룰 겁니다.)

Tip 어떤 울음소리인지 구분하세요

02 바로 달래주세요!

조금 큰 아이를 둔 엄마라면 아기를 몇 분간 맘껏 울게 내버려두는 데 어느 정도는 익숙할 겁니다. 아기가 어떤 이유에서 화가 났든지 간에 말예요. (물론 막 아이를 낳은 초보 엄마라면 우는 아기를 내버려두는 것은 상상도 못할 일이겠지만.)

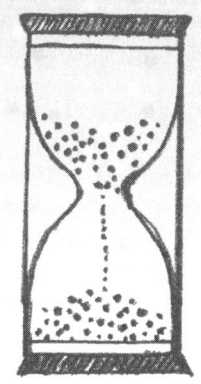

하지만 신생아의 경우는 마냥 지칠 때까지 울게 내버려두는 것이 전혀 효과가 없습니다. 더구나 아기가 원래 한두 시간쯤은 우는 법이라고 안이하게 생각한다면 큰 잘못입니다.

아기가 울기 시작하면 바로 달래줘야 합니다. 제풀에 진정되기를 기다려서는 안 됩니다. 일단 아기가 심하게 울기 시작하면, 처음에 자기가 왜 울게 되었는지 기억하지 못하게 됩니다. 처음 1~2분 후에는 그 여세로 울고, 그러고 나면 달래기는 훨씬 더 어려워집니다.

Tip 울게 내버려두지 마세요

03 반사 작용

'루팅(Rooting) 반사'는 아기의 볼을 쓰다듬어주면 그 방향으로 얼굴을 돌리는 선천적인 반응을 말합니다. 이 반사 작용 때문에 본능적으로 엄마의 젖을 찾아 먹을 수 있는 겁니다.

이 반사 작용은 반응이 워낙 빨라서 손가락 하나로 볼을 살짝만 건드려도 금세 나타납니다. 이렇게 해주는 것만으로 울음을 그치게 할 수도 있습니다.

하지만 손가락이나 젖병을 물려서 계속 빨게 해주어야 할지도 모릅니다. (그렇게 해주지 않으면 자극만 주고 문제는 해결해 주지 않은 꼴이 되니까요.)

이 반사 작용은 생후 8~10주까지 나타납니다. 이때쯤이면 아기의 시각과 청각이 발달해서 주위 환경에서 받는 자극만으로 우유가 언제 오는지 압니다.

Tip 생후 몇 주간은 볼에 자극만 주어도 울음을 그쳐요

04 자동차 태우기

대부분의 아기는 자동차 안에서 잠을 잘 잡니다.

진동과 소음, 신선한 공기가 어우러져 기분이 좋은 것인지, 뭔가 또 다른 이유가 있어서 그런 것인지는 확실하지 않지만 어쨌든 자동차는 아기의 울음을 그치게 하는 데 활용할 만합니다.

새벽 2시 반. 아기가 한 시간 내에 울음을 그치지 않을 것 같으면, 밖으로 나가 차를 타고 20분 정도 달리면 어떨까요? 한 시간 동안 계속 울게 내버려두는 것과 어떤 것이 나을지 생각해 보세요.

언제나 선택은 쉬워야 한답니다.

 자동차에 타면 쉽게 잠들어요

05 알록달록한 모빌

신생아의 머릿속, 그 별세계로 들어가는 것이 아주 불가능한 것처럼 보이지만 실은 그렇지 않습니다.

영아학자, 행동발달학자, 신경학자, 신경세포학자. 그 밖에 많은 전문가들이 신생아의 뇌 작용을 이해하고자 노력해 왔습니다. 알려진 사실 중 한 가지는, 아기는 시각이 전혀 발달되지 않은 상태로 태어나지만, 태어난 뒤 급속히 발달한다는 겁니다.

아기는 사람의 얼굴을 구별할 수 있고, 특히 태어날 때부터 엄마를 알아보는 능력이 있습니다. 그 외에 아기는 명암을 구분할 수 있습니다.

아기가 명함을 구분할 수 있으므로, 우는 아기에게 흑백 체크무늬나 원이 겹쳐 있는 과녁 무늬 등을 보여주면 아기의 관심을 다른 곳으로 돌릴 수 있습니다.

명암이 뚜렷하고 알록달록한 조각이 달려 있는 모빌을 하나 사서, 침대 한 모퉁이에 매달아두세요. 아기는 흔들거리며 떠 있는 모빌을 쳐다보면서 울음을 그칠 겁니다.

 명암이 뚜렷한 색깔은 잘 구분해요

06 똑딱단추

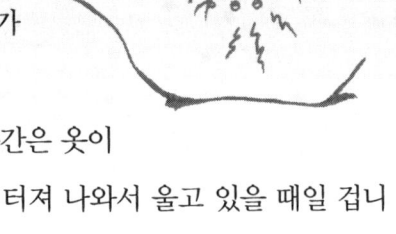

하루가 달리 커가는 아기를 보며 엄마는 매일매일 행복을 느낄 겁니다. 아기는 귀엽고 작은 신생아 옷이 작아질 정도로 금세 커갈 겁니다. 신생아 옷으로 준비한 옷들 중에 어떤 것은 한 번도 입혀보지 못한 채 작아져 버릴 겁니다. 아기가 너무나 빨리 무럭무럭 자라니까요.

엄마가 아기가 자랐다는 걸 처음 깨닫는 순간은 옷이 너무 작아 똑딱단추가 죄어들고, 소맷부리가 터져 나와서 울고 있을 때일 겁니다. 엄마가 생각하는 치수보다 한 치수 큰 옷을 준비하도록 하세요.

작아져서 아기를 불편하게 하는 것은 옷만은 아닐 겁니다. 기저귀, 팬티, 양말 모두 마찬가지입니다. 아기 머리에 앙증맞게 묶어놓은 리본이 아기 머리카락을 잡아당기고 있을지도 모릅니다.

안전에 대해 한 가지 더 당부할 것은, 목걸이와 팔찌는 아기에게 위험하다는 사실입니다. 최소한 두 살 전후까지는 참아주세요. 그때쯤에는 아기도 자랐을 거고, 백마 탄 왕자님과의 데이트를 위해 한껏 멋을 부리고 싶어 할 겁니다.

 옷이 너무 작지는 않은지 확인해 보세요

07 강보로 감싸기

생후 몇 주 동안, 아기는 깨어 있는 동안 숨쉬는 것 이외에는 거의 아무것도 하지 않을 겁니다. 이 시기에 가끔 아기가 펜싱 자세처럼 한쪽 팔을 쭉 뻗어 앞으로 내밀고, 양다리를 끌어올려 차기도 하는 불안정한 몸짓을 보일 때가 있습니다. 이는 본능적인 반사 작용으로, 아기의 운동신경이 자율적으로 제어할 수 있게 되면 사라지게 됩니다. 그런데 이런 현상이 없어질 때까지는 이 본능적인 반사 작용이 울음의 원인이 되기도 합니다. 따라서 이런 몸부림을 못치게 하면 아기의 기분이 조금 나아질지도 모릅니다.

아기를 강보로 싸놓으면 심한 몸부림으로 인한 울음을 그치게 할 수 있어요.

병원에서 아기를 싸는 방법은 강보를 마름모꼴로 펴서 깔고, 위 모서리 부분을 접어서 내립니다. 그런 다음 왼쪽 끝으로 오른팔을 감쌉니다. 물론 팔이 편안하게 해주어야지요. 다음으로 마름모꼴의 밑 부분을 접어 올려서 다리를 감싼 후, 아기의 왼팔을 몸에 붙여서 강보의 오른쪽 끝으로 감싸 올려서 미무리하세요. 대부분의 아기는 이렇게 감싸지는 걸 좋아합니다. 엄마의 자궁에 있을 때와 비슷한 환경이니까요.

Tip 꼭 감싸주면 안정을 찾아요

08 노래 불러주기

아기가 화가 나 있을 때, 노래를 들려주면 도움이 됩니다. 아기는 엄마의 목소리를 좋아하거든요. 일정한 리듬이 있는 노래는 언어 발달에 도움을 줄 뿐만 아니라 기분도 가라앉혀줄 겁니다.

요람에 두고 흔들 때, 부드러운 목소리로 반복적으로 노래를 불러주세요. 그러면 아기는 엄마에게 모든 초점을 맞추게 됩니다. 아기 울음소리보다 더 큰 소리로 노래를 부르지는 마세요. 그러면 아기가 점점 더 큰 소리로 울 겁니다. 반대로 부드럽고 작게 속삭이면 아기는 엄마의 노래를 잘 들으려고 울음소리를 낮출 겁니다.

같은 노래를 계속 부르는 것이 엄마한테는 지루할지 모르지만, 아기에게는 아주 도움이 됩니다. 아기의 마음을 편안하게 해주는 부드러운 엄마의 목소리로 노래를 불러주세요.

Tip 엄마가 불러주는 노래를 좋아해요

0-3개월

09 유모차 태우기

가끔씩 덜컹거리는 유모차에 아기를 태우면, 울음을 그치게 할 수 있습니다.

햇볕이 따스한 날이면, 아기를 데리고 세상 구경하러 가세요.

꼭 필요하다면 휴대폰을 가지고 나가도 되지만, 가끔은 휴대폰에서 벗어나는 것도 엄마에게는 좋은 기회가 될 겁니다. (집에 계신 할머니가 아기의 최신 뉴스를 한 시간쯤 늦게 들어도 괜찮아요.)

제가 큰 아이를 키울 때, 데리고 나가기에는 날씨가 너무 추운 적이 있었습니다. 그때 저는 유모차를 끌고 마루에서 왔다 갔다 하면서 아기를 달랬어요. 처음 갈 땐 왼쪽으로 식탁을 한 바퀴 돌고, 다음번엔 오른쪽으로 한 바퀴 돌거나 하면서 말예요.

그땐 아기가 무척 좋아했어요. 지금은 그러는 걸 거부하지만요. 아마 그때는 분명 그럴 만한 이유가 있었을 겁니다.

Tip 햇볕이 따스한 날이면 함께 외출하세요

10 물 마시기

모유만 먹는 아기는 물을 마실 필요가 없습니다. 하지만 대성통곡하는 아기를 달래기 위해 물을 주어도 아기에게 아무런 해가 되지 않습니다. 새벽에 우는 아기는 무언가 빠는 걸 좋아합니다. 마지막으로 수유한 지 채 10분도 되기 전에 다시 수유하는 것은 실질적으로 어렵기 때문에 물을 줍니다.

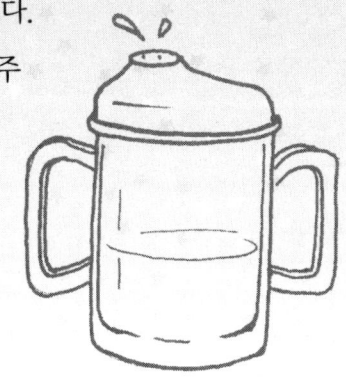

어떤 이유에서든 물은 아기에게 줘도 괜찮습니다.

모유를 먹인다면, 아기에게 물을 주는 일 정도는 아빠에게 기회를 주세요. 그런 기회조차 주지 않는다면 아빠는 (아기에게 우유를 먹이는) 육아의 진정한 즐거움을 영원히 모르겠지요.

아빠가 직접 아기에게 물을 주는 것은 아빠에게 교육적인 효과도 큽니다. 엄마가 아기의 울음을 그치게 할 수 있는 것처럼 자신도 할 수 있다는 것을 배우게 될 겁니다.

 물은 많이 먹어도 나쁘지 않아요

11 엄마의 엄지손가락

울고 있는 아기는 무언가 빠는 걸 좋아합니다.

엄마의 엄지손가락이나 다른 손가락들도 보이면 곧장 빨려고 할 겁니다. 어떤 아기는 새끼손가락도 좋아해서 절대 놓지 않으려고 할 겁니다.

물론 미리 비누로 손을 깨끗이 씻어야 합니다. 깨끗이 씻은 손가락에 있는 세균 수는 모유에 들어 있는 세균 수와 거의 같은 정도입니다.

손을 씻은 다음, 손가락을 빨게도 하고 입에서 빼내기도 해보세요. 전혀 이상한 행동이 아니랍니다. 아기가 좋아하니까요.

Tip 엄지손가락 빠는 걸 좋아해요

12 트림하기 1

분유든 모유든 아기는 수유 때 많은 공기를 삼키게 됩니다. 울게 되면 더 많은 공기를 마시게 됩니다. 아기는 배가 작아서 우유와 공기를 함께 넣어두지 못합니다. (어떤 것이 더 영양상 좋을까요?)

배 안의 과다 공기로 아기가 우는 경우도 많습니다. 이를 막으려면, 수유할 때 매 5분마다 트림을 시켜야 합니다.

딴청 부리지 않고 **빨리 먹고 빨리 울기**도 하는 아기라면, 수유를 끝내고 잠시 쉬는 틈을 이용해서 트림을 시키세요. 수유하는 동안 가만히 있지 않고 칭얼대는 아기는, 반드시 먹는 중간에 트림을 시켜야 합니다.

 Tip 울 때와 먹을 때 공기도 함께 마셔요

 0-3개월

13 그네 태워주는 시간

우리 첫애의 새벽 울음을 그치게 해준 것이 바로 그네였습니다. 그네가 없었다면 과연 어떻게 아기를 달랬을지?

대개 이름 있는 완구 회사에서는 안전하고 내구성 강한 그네를 만듭니다. 네 개의 다리 위로 아기의 몸이 쏙 들어가는 의자와 안전 벨트가 달려 있는 걸로 말예요. 최신 모델에는 그네를 밀어주는 장치가 달려 있는 것도 있습니다.

아무리 해도 울음을 그칠 것 같지 않으면 그네에 태우세요. 잠들게 하려면 그냥 살살 앞뒤로 흔들어주면 될 겁니다.

지금 집에 그네가 없다면, 친구나 친척에게 중고라도 하나 얻으세요. 그네는 아기가 있는 집에서는 필수 품목입니다.

 **그네를 태워주면 좋아해요**

14 아이 심심해!

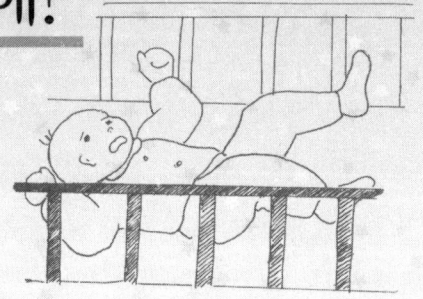

엄마는 사랑스런 아기를 위해 우유를 먹이고, 트림을 시키고, 기저귀를 갈아 주고, 목욕시키고, 낮잠 재우는 데 모든 시간과 에너지를 소비할 겁니다. 아기가 낮잠을 자는 시간이 유일한 휴식 시간일 겁니다. 낮잠에 빠진 아기를 보며, 드디어 엄마를 위한 몇 분의 시간이 주어진다 싶으면 다시 또 시작이죠. 처음엔 훌쩍거리다 큰 소리로 울지요. 그리고는 더 우렁차게 울기 시작하지요. 10분쯤 잠깐 눈을 붙이는가 싶더니 아기는 다시 깨어났네요. 엄마가 아기 곁으로 가면 어떻게 될까요? 엄마를 보며 생글생글 웃고 있는 아기의 모습을 볼 수 있지요!

곤히 낮잠을 자고 있어야 할 아기가 놀아주기를 원하고, 그 때문에 엄마의 자유 시간을 포기해야 하니 반갑지 않을 수도 있습니다. 하지만 아기의 낮잠 시간을 엄마가 조절한다는 생각을 버리세요. 아기는 언제 낮잠을 자야 할지 스스로 조절합니다.

엄마의 자유 시간을 빼앗긴다 해도, 아기가 엄마를 사랑하니까 엄마가 자기와 놀아주길 원합니다. 이것은 부모가 되는 가장 큰 보람 중의 하나일 겁니다.

Tip 엄마와 놀고 싶어 해요

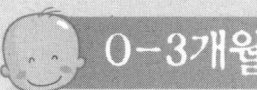
15 흐르는 물소리

이유를 정확히 설명하기는 어렵지만, 어떤 아기는 흐르는 물소리와 물이 흐르는 것을 보는 것만으로 정신을 빼앗기기도 합니다.

일단 주의를 사로잡을 수 있으면 우는 것을 잊어버리게 될 겁니다.

목욕하기 전에 먼저 욕조에 물을 받는 걸 보여주면서 진정시키세요. 아니면 싱크대에 물을 틀어두고 아기가 물이 뿌려지는 것을 볼 수 있도록 접시나 냄비에서 물이 튀게 하세요.

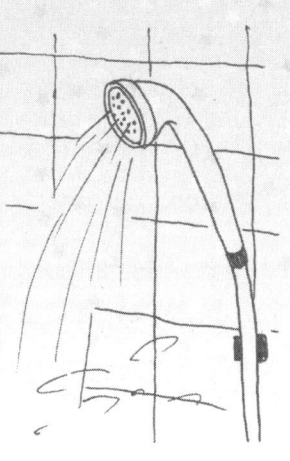

| 주의 사항 | 이런 방법을 쓸 땐 기저귀 갈 것을 각오하세요. 어른들이 그렇듯이 아기도 흐르는 물소리를 들으면 본능적으로 갑자기 오줌이 마려워지니까요. (현대 의학은 물론 고전 의학도 이러한 증상의 원인을 정확히 설명하지는 못하지만.) 물을 틀기 전에 엄마도 아기도 오줌보를 비워두는 걸 잊지 마세요.

Tip **물소리나 흐르는 물을 보는 걸 좋아해요**

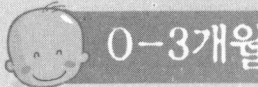

16 오르골

엄마에게는 늘 반복적인 오르골 멜로디가 지겨울 수도 있을 겁니다. 특히나 40~50번을 계속해서 들은 후에는 더욱 그럴 겁니다.

그렇지만 아기가 우는 것과 지겨운 오르골을 30분 듣는 것 중 어느 쪽을 선택해야 할지 생각해 보세요.

아기가 오르골에서 흘러나오는 소리와 천천히 도는 인형을 보고 좋아한다면 한 번 더 들려주세요.

한번 효과가 입증된 것은 계속해서 성공적이라는 말도 있잖아요.

오르골과 장난감을 아기 주변에 놓아두세요.

시간이 지나 아기가 10대가 되었을 땐, 이 물건들이 어렸을 적의 소중한 추억을 떠올리게 할 겁니다.

 Tip 오르골을 한 번 더 들려주세요

17 안아주기

아기가 온 힘을 다해 울 때 제일 먼저 해야 할 일은, 먼저 아기를 안아주는 겁니다. 포근하고 따뜻한 느낌, 익숙한 내음, 부드러운 살갗이 맞닿는 느낌은 아기에게는 아주 중요합니다. 엄마와 아빠가 널 구해주러 왔다는 정말 중요한 신호를 보내는 겁니다. 시간이 흐르면 아기를 안고 걸을 때나 흔들어줄 때, 아기가 어떤 자세를 가장 좋아하는지 알게 될 겁니다.

다음과 같은 방법들을 시도해 보세요.

★ 엎어놓고 머리를 손으로 잡으세요. (아기를 엎어놓을 때는 손을 아기의 뺨에 대거나, 아기의 턱이 엄지와 집게손가락 사이에 들어가도록 하면 아기의 머리를 지탱할 수 있어요.)

★ 엎어놓고 팔꿈치 안에, 또는 어깨에 머리를 두세요.

★ 반듯이 눕혀서 등 뒤를 받쳐서 안아주세요.

★ 엄마 아빠의 무릎에 배를 깔고 엎드리게 하세요.

Tip 많이 안아주세요

18 쌀까 말까?

신생아는 매일 변을 보지 않을 수도 있습니다. 그렇다고 변비는 아닙니다.

자주 변을 보지 못해서 배가 아파 울면, 젖병에 설탕물을 조금 넣어서 먹이세요. (젖병을 사용하기에 너무 어린 신생아라면, 스푼이나 큰 스포이트를 사용하면 좋아요.)

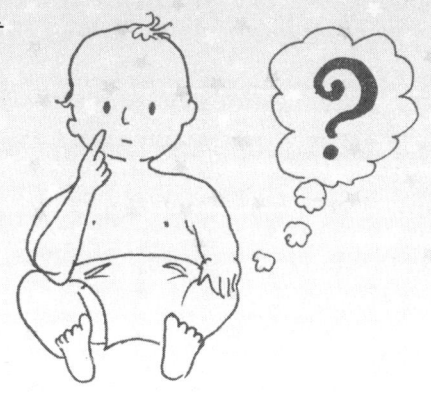

드물게는 좌약이나 오일을 바른 체온계를 사용해 보는 것도 좋아요. 예를 들어 아기가 작고 딱딱한 차돌 같은 변을 누기 위해 끙끙거리거나 운다면 말예요. 하지만 되도록이면 아기의 항문에 손대는 건 피해야 합니다. 기저귀를 갈 때와 가끔 간질일 경우를 제하고는 말예요.

 Tip 변을 보지 못해 끙끙거리며 울 때도 있어요

0-3개월

19 신뢰 쌓기

　　울거나 징징거릴 때마다 안아주면 버릇이 될지도 모른다고 생각하는 엄마도 있을 겁니다. 하지만 괜찮습니다. (엄마의 모든 시간을 요구하는 아기의 욕구를 충족시켜 주기 위해 너무 떠받들고 있다고 생각하세요? 사실 엄마의 모든 시간, 즉 깨어 있을 때뿐 아니라 잠자고 있는 시간까지도 아기를 위해 헌신해야 하는 시간입니다.)

　　아기가 응석을 부리는 것은 엄마 아빠의 관심을 조금이라도 더 끌기 위해서입니다. 혹시 관심이 멀어지면 어쩌나 하는 걱정에서 말예요. 그래도 괜찮습니다.

　　아기의 감성적 성장에는 몇 가지 불연속적인 단계가 있는데, 그 첫 번째가 신뢰의 기초를 알아가는 단계입니다. 생후 첫 한 달 동안 포만감과 따뜻함, 편안함과 같은 아기의 기본적인 욕구가 충족될 때마다 부모에게서 신뢰를 배우게 됩니다. 이렇게 지극한 사랑으로 보살펴줌으로써 아기의 인격을 형성하는 중요한 한 부분을 얻게 됩니다. 이런 관심과 보살핌이 앞으로 아기기 민나게 될, 또래 아이들과 어른들과의 신뢰 관계를 원활히 구축할 수 있게 해줍니다.

Tip 응석을 받아주세요

20 대혼란

이런 일은 어쩔 수 없이 일어납니다.

모두가 새로 태어난 아기를 보려고 선물과 먹을 것을 사들고 와서, 아기를 보고 한바탕 소란을 떨면서 집을 다녀갈 겁니다. 그러면 얌전하고 조용하던 아기는 온 데 간 데 없고, 아기는 달랠 수도 없이 계속 울게 됩니다. 그때 엄마는 아기가 힘들어 하고 있다는 사실과, 아기가 이런 식이라면 예전에 이런저런 사람들과 어울려 함께 지내던 정상적인 생활로 돌아갈 수 없을 거란 생각에 걱정이 앞설 겁니다.

어떤 아기는 주변이 시끄럽고 혼란스러워지거나 갑자기 환경이 변하면 울음을 터트립니다. 마치 시끄러운 소리가 들리지 않게 하려면 자신이 더 크게 울어야 한다고 생각하는 것처럼 말예요.

해결법은 아기가 비교적 안정되어 있는 시간대에 사람들을 방문하게 하는 겁니다. 아침 시간과, 오후라도 이른 시간대가 아기에게는 편한 시간입니다. 가능하면 손님의 수와, 아기를 돌려가며 안아보는 횟수를 제한하세요. 하루 종일 보고 듣는 것에 과부하가 걸리지 않았을 때 아기는 얌전해집니다.

매일 해질 무렵이 되면 가정은 대혼란이 일어납니다.

먼저 아이들이 학교에서 돌아오고, 이어서 남편도 퇴근하고, 조용하던 집은 갑자기 분출하는 화산처럼 뒤바뀌어 버리지요.

이런 상황은 쉽게 바꿀 수 있습니다.

아이들이 돌아오면, 흔들거나 들고 뛰는 등 아기를 자극하지 않도록 주의를 주세요. 또 큰 아이들이 소란스럽게 뛰어놀거나 TV나 음악을 크게 틀어놓고 보면, 아기에게 방해되지 않는 다른 곳에 가서 놀도록 말해 두세요.

이 시간에는 대부분의 아기가 혼란을 겪을 겁니다. 약간 손을 써서 미리 예방하면 아기가 우는 걸 최소화할 수 있습니다.

큰 아이들을 위한 별도의 방이 없다면, 일주일에 한두 번은 밖에 나가 놀도록 시키세요.

또, 아빠가 집에 왔을 때도 시끄럽게 하지 않도록 일러두세요. (아빠가 돌아왔을 때 정말 큰 소동이 일어나는 가정이라면, 아빠에게 조금 늦게 귀가해 달라고 말해 보세요.)

 과부하가 걸리지 않도록 해주세요

21 수유 늘이기

방금 우유를 먹였는데도 여전히 울고 있나요? 녀석은 배가 찰 정도로 충분히 먹은 것 같은데 어떻게 계속 배가 고플 수 있을까요?

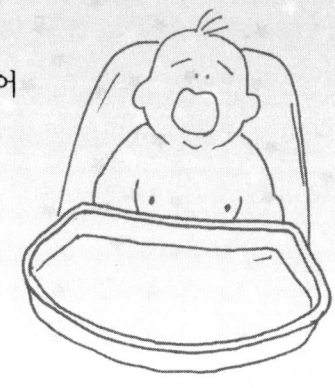

물론 그럴 수 있습니다. 분유든 (어제는 90ml 한 번만으로 만족했는데.) 모유든 (하루 종일 물고 있었는데.) 간에 아기가 충분히 먹었는지 정확히 알 수는 없습니다.

아기는 계속 크고 있어요. 며칠 전이나 바로 전까지는 충분했을지라도 지금의 아기에게는 너무 적을 수도 있습니다.

사실 가족들 중에 규칙적이고 일관된 식습관을 가진 사람은 아빠 정도가 아닐까요?

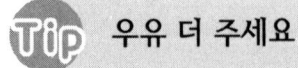 **우유 더 주세요**

22 또 쌌을까요?

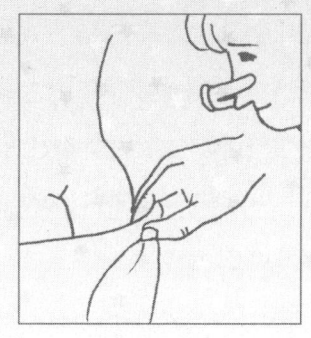

낮이 지나면 밤이 오고, 엄마 오리 뒤로는 새끼 오리가 따라가고, 폭풍이 지나가면 무지개가 나오지요. 우유를 먹고, 낮잠을 자고, 트림을 하고 나면 기저귀는 축축하고, 묵직해지게 마련입니다. 기저귀 밑으로 살짝 손을 갖다 대면 이런 기본적인 문제를 해결할 수 있을 겁니다. 가장 기본적인 문제, 기저귀를 갈아주는 것만으로 우는 아기가 조용해지는 건 흔히 있는 일입니다. 아기 아빠가 '난 위대해.' 라고 느끼며 자긍심을 갖게 하고 싶으신가요? 그럼 아빠에게 '난 아기를 달래려고 몇 시간이나 노력했으니 이제 아빠 차례' 라고 말하세요. 아기를 남편 품에 넘기고 기저귀를 쥐어주세요. 아기를 받으면 아빠는 당장 무엇이 필요한지 알 겁니다. 그러고 나면 남성 특유의 문제 해결 능력을 발휘한 경우처럼, '그래 바로 이거야!' 하며 뿌듯해서 으스댈 겁니다. 그리고는 다시 얌전해져서 웃고 있는 아기를 엄마에게 건네주겠죠. 우쭐해져서 이렇게 덧붙일지도 모르겠습니다. '이런, 기저귀를 갈아달라고 울었군.'

단, 이 방법은 1~2주밖에 효과가 없어요. 다시 예전처럼 돌아갈 테니까요.

 기저귀를 갈아주세요

23 잠

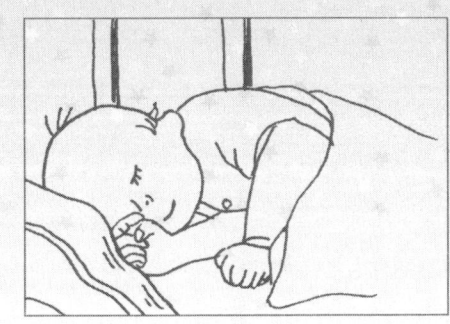

생후 첫 몇 주 동안은 아기는 금세 잠에서 깨어납니다. 아주 자연스런 현상입니다. 아기가 잠에서 깨어날 때마다 수유도 하고, 기저귀를 갈아주면서 잘 맞춰주세요.

아기가 일정한 간격으로 잠이 들고 깨어나는 24시간 주기의 리듬은, 아무리 빨라도 6주가 지나야 완전히 자리를 잡습니다. 모유를 수유할 경우, 종종 12~15주가 걸리기도 합니다.

신생아에게는 2~3시간마다 수유를 하는 것이 정상이고, 아기에게 있어서 수유는 생리적인 욕구이면서 저혈당을 막아주는 역할도 합니다.

아기가 좀 더 오래 자게 되는 때는, 생후 두 달이 지나서 체중이 5.9킬로그램에 달했을 때부터입니다. 그 이후에도 새벽에 자주 깨게 되는데, 그 이유는 수유라기보다 더 복잡한 문제와 관련되어 있습니다. 때로는 원인을 알 수 없는 경우도 있습니다.

 Tip 두세 시간 만에 잠에서 깨요

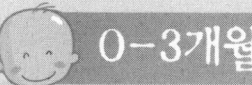

24 따뜻하게 해주세요!

아기도 어른과 똑같이 기온을 느끼고 똑같이 반응합니다.

엄마가 양모 스웨터를 입을 정도로 추운데, 아기는 시누이가 선물로 보내준 귀여운 옷만을 입고 있다면 너무 추워서 울지도 모릅니다.

어른들과는 달리 아기는 머리를 통해 체온 조절을 합니다. 머리를 통해 많은 열을 발산하고 흡수하거든요.

그래서 머리를 감싸주는 것이 추위로부터 아기를 보호하는 가장 좋은 방법입니다. 엄마가 춥다고 느껴지면 아기에게는 모자가 필요합니다.

 머리를 따뜻하게 해주세요

25 온도를 낮춰주세요!

때는 1월. 추운 날씨에 외출하고
집으로 막 돌아왔어요.

하지만 달게 자고 있는 아기를 깨우고
싶지 않을 겁니다. 외출할 때 입힌 방한복
에 바지, 모자, 담요, 바지 속에 겹겹이
껴입은 내복을 그냥 두고 싶을 겁니다.

옳은 일일까요? 하지만 아기가 깨어나
면 너무 많이 입혀 놓아 온몸이 땀에 젖어 있을 수도
있고, 열이 날 수도 있습니다.

아기에게 열이 있다고 생각되면, 먼저 체온을 재어보세요. 38.3도 이하이면
커버올과 기저귀만 빼고 모두 벗기세요. 15~20분 후에 다시 체온을 확인해 보
세요. 아마 체온이 내려가 있을 겁니다.

체온이 정상으로 돌아오면 아기는 기분이 좋아져 울음을 그칠 겁니다. 만약
체온이 안 내려가고 그대로라면 병원에 가서 진찰을 받으세요.

 겨울에도 너무 덥게 하지 마세요

26 꼭 껴안아주세요

무엇보다 아기가 원하고 필요로 하는 것은 엄마의 사랑입니다. 사랑을 받으면 아기는 다시 그 사랑을 엄마에게 되돌려줍니다.

아기를 낳은 후 부모로서 가장 감격적인 순간은, 사랑스런 아기가 단지 엄마가 옆에 있다는 이유 하나만으로 울음을 그치고 생글생글 웃을 때일 겁니다.

이것이 바로 엄마를 사랑한다는 아기의 첫 번째 애정 표현입니다. (조금 더 복잡한, 가끔씩 역설적인 표현은 나중에 나타납니다.)

아기가 우는 것은 자기가 좋아하는 사람이 안아주기를 바라는 마음이라고 생각해도 좋아요.

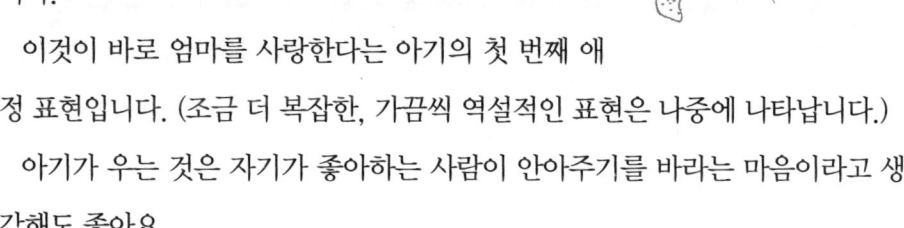

Tip 사랑을 받은 만큼 되돌려줘요

27 새벽 울음

새벽 울음은 달랠 수 없을 정도로 큰 소리로 울고, 몇 시간 동안 지속되면서 같은 시간대에 규칙적으로 일어난다는 특징을 보입니다. 보통 신생아의 약 20%가 이런 현상을 보입니다.

아기 얼굴이 빨갛게 달아오르고, 팔다리를 꼭 구부릴 겁니다. 게다가 자주 방귀를 뀌는데, 이것은 우는 동안에 공기를 너무 많이 마시고 장 근육을 과도하게 움직인 탓입니다. 보통 생후 2~3주째부터 이런 현상이 나타나고, 늦어도 6주째부터 나타나서 3~4개월까지 지속되는 경우도 있습니다.

새벽 울음의 원인에 대해서는 명확한 답이 나와 있지 않습니다. 예를 들어 아기가 맹장염이나 폐렴 같은 질병에 걸렸다면 정확하게 진단해서 특정 치료를 받을 수 있습니다. 그러나 새벽 울음에 대해서는 여러 가지 이론은 있지만, 신체적, 감정적인 원인은 알려져 있지 않습니다.

먼저 아기의 새벽 울음이 병이 아니라는 것을 분명히 알아야 합니다. 아기는 건강하다는 것을요. 아픈 아기는 창백하고 몸이 축 처져 있습니다. 활기차게 움직인다든지 얼굴이 새빨개진다든지 격렬하게 버둥대지도 않습니다.

Tip 새벽에 우는 건 병이 아니에요

0-3개월

28 안아주기 1

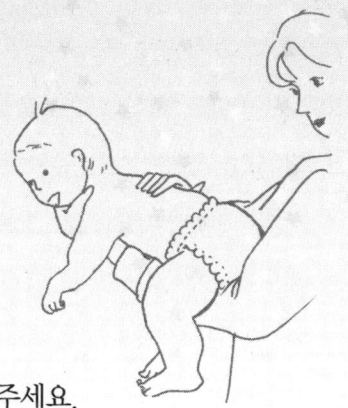

어떤 아기들은 이 자세를 정말로 좋아해요!
왼팔에 (왼손잡이는 오른팔에.) 아기를 엎
드리게 해서 손으로 턱을 받치고 팔꿈치 안
쪽에 양다리를 벌려 놓으세요.

이런 자세는 엄마는 물론 아기를 위한 여러
가지 동작을 할 수 있는 완벽한 자세입니다.

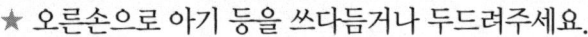

★ 오른손으로 아기 등을 쓰다듬거나 두드려주세요.

★ 힘을 줘서 등을 문질러주세요.

★ 왼팔로 부드럽게 흔들어주세요.

★ 왼팔을 위아래로 살짝 들어올렸다 내렸다 하세요.

★ 달리세요. 터치다운을 하듯 이리저리 왔다 갔다 하면서 거실에서 침실
   까지 달리세요. 그렇다고 정말로 터치다운할 때처럼 아기를 던지지는
   마세요.

 Tip 미식 축구공 잡는 자세로 안아주세요

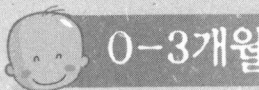

29 안아주기 2

엄마의 턱과 목으로 꼭 끌어안아 주면, 울던 아기는 새로운 느낌을 체험하고 울음을 그칠 겁니다.

★ 엄마의 턱으로 아기의 머리 전체를 감싸주세요. 따뜻함이 전해질 거예요.

★ 콧노래를 부르면 목의 떨림이 아기에게 전달돼요.

★ 아빠의 경우, 아빠의 수염이 아기의 기분을 좋게 할 수도 있어요.

★ 엄마의 가슴에 아기의 배를 마주대어주면, 엄마의 느리고 깊은 호흡 리듬과 조용한 심장 박동 소리에 아기는 서서히 파장을 맞추게 돼요.

 엄마의 목으로 감싸 안아주세요

 O-3개월

30 달래기

평소 조용하고 얌전하던 아기라도, 새벽에 일어나 울 때는 다른 모습일 때가 있습니다. 엄마가 흔들어 주고, 노래를 불러주고, 토닥여주는 데도 달랠 수 없이 심하게 울기도 할 겁니다. 이것은 여러 가지 방법을 한꺼번에 써서 아기가 혼란스러워하는 것인지도 모릅니다.

아기의 입장에서는 오히려 더 혼란스러워서 울음을 그치지 않는 것입니다.

평소 조용한 환경에서 자라던 아기라면 노래를 불러주는 대신 부드럽게 토닥여주는 편이 더 나을 수도 있습니다.

'아직 해보지 않은 여러 가지 방법을 시도해 봐.' 와 같은 늘 듣는 조언과는 반대로 어떤 아기는 너무 번잡스러운 것을 좋아하지 않아요.

Tip 한꺼번에 너무 많은 방법을 써서 달래면 혼란스러워해요

31 안아주고 흔들어주기

단순히 안아서 달래는 것만으로는 새벽에 우는 아기를 진정시키기 못할 겁니다.

어떤 아기는 움직이고 흔드는 가능한 모든 레퍼토리를 요구하거든요. 등, 발바닥, 가슴, 등을 부드럽게 만져주는 걸 좋아하기도 하고, 또 어떤 아기는 손뼉을 칠 정도로 약간 힘주어 두드려주는 걸 좋아하기도 합니다. 서 있을 때는 안아서 좌우로 흔들어주면 울음을 그칠 때도 있어요.

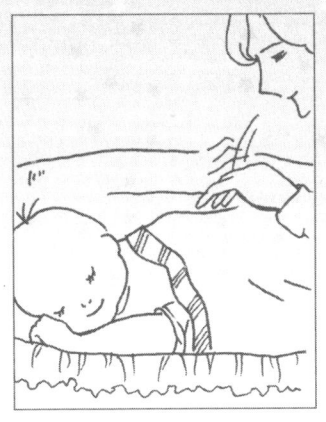

안아서 두드려주고, 흔들어줄 때 아기의 귀에다 대고 '아, 우리 아기, 아, 우리 아기.' 라고 부드럽게 콧노래를 불러주세요.

효과가 있으면 몇 분 동안 계속 해주세요. 아기는 일정한 리듬에 익숙해져서 울음을 그치게 됩니다. 결국 아기는 스스로 리듬을 예상하게 되고, 그 리듬이 아기의 마음을 진정시켜 주는 거지요.

Tip 일정한 리듬으로 흔들어주세요

32 심하게 흔드는 건 꿈에도 생각하지 마세요!

아무리 짜증이 나더라도 화풀이로 아기를 심하게 흔들면 안 됩니다.

아기는 '엄마가 정말 울음을 그치게 하려는 마음에서 이렇게 하는 거구나.' 라고 이해하지 못할 뿐 아니라, '엄마 앞에서 울면 무서우니까 울음을 그쳐야지.' 라고 생각하지도 않으니까요. 아기는 어찌할 바를 모를 겁니다.

복받치는 감정을 도저히 주체하지 못할 것 같으면, 차라리 아기가 울게 그냥 내버려두세요. 일단 아기를 눕혀두세요. 그리고 엄마의 감정을 가라앉히세요.

운다고 아기가 다치는 건 아니니까요. 오히려 심하게 흔들게 되면 뇌에 손상을 입히기도 합니다.

감정이 폭발할 때를 정확히 알고 대처하세요.

 너무 세게 흔들면 안 돼요

0-3개월

33 새벽 울음은 어쩔 수 없어요!

아기들은 원래 새벽 시간에 울게 마련이에요. 태어나면서부터 지니고 있는 성질 중의 하나예요. 태어날 때 손가락, 발가락이 다섯 개가 붙어 있는 것처럼 말예요.

새벽 울음은 엄마 아빠의 식습관, 기분, 걱정과는 아무런 관계가 없어요. 더욱이 알레르기 현상이나, 장이 꼬였거나, 폐 운동 이상 같은 건강상의 문제와도 관계가 없어요. 유아기에 나타나는 당연한 현상일 뿐입니다. 물론 아기의 인격 형성에도 아무런 영향을 끼치지 않습니다. 성격상 어떤 문제가 있어서 나타나는 증상이 아니니까요. 그냥 많이 운다는 것뿐입니다.

이 책의 다른 조언과는 반대로, 아기가 새벽에 울 때 가장 좋은 방법은 그냥 울게 내버려두는 겁니다. 하루에 30분 정도라면 괜찮습니다.

T. 베리 브라셀턴 박사의 말이 옳다면, 우는 것은 아기에게 도움이 되기도 합니다. 또, 아기가 제풀에 울다가 지쳐서 울음을 그치는 것이 아기에게 아무런 해가 되지 않습니다. 이런 사실을 알고 나면 기분이 좀 나아지지 않으세요?

 그냥 울 때도 있어요

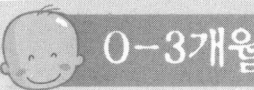
34 트림하기 2

    어떤 아기는 쉽게 트림을 하지만, 갖가지 방법을 써야만 트림을 하는 아기도 있습니다. 문질러주는 걸 좋아하는 아기도 있고, 토닥여주거나 가볍게 두드려주는 걸 좋아하는 아기도 있습니다. 그런가 하면 여러 가지 방법을 다 써야 겨우 트림을 하는 아기도 있을 겁니다. 꼭 어떻게 해야 한다는 정답은 없습니다. 아기에게 효과가 있는 방법이 가장 좋습니다. 다음에 제시하는 여러 가지 방법을 한번 써보세요.

    ★ 등을 문질러주고 몇 번 가볍게 두드려주세요.

    ★ 엄마 아빠의 어깨 너머로 아기를 안고 등을 두드려주세요.

    ★ 허벅지 위에 배를 깔고 눕혀서 등을 두드려주세요.

    ★ 허벅지 위에 앉혀서 배를 문질러주세요.

    ★ 앞에 제시한 방법들을 쓸 때 아기를 약간씩 좌우로 흔들어주세요.

    아기가 울게 되면, 상대적으로 평상시보다 더 많은 공기를 들이마시니까 그 때문에 더부룩하고 불편해질 겁니다. 그럴 때, 시원스레 트림을 시켜주면 점차 아기가 진정될 겁니다.

 가볍게 두드리거나 문질러주면 트림이 잘 나와요

35 기적의 반사 작용

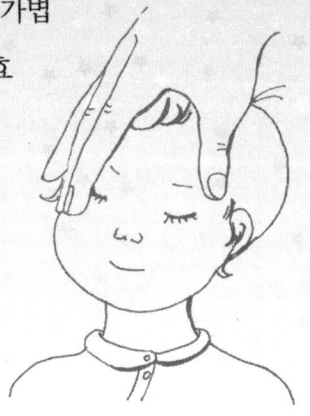

일단 아기가 진정되면, 이마의 중심부에서 콧등까지 가볍게 문질러주세요. (고무젖꼭지를 함께 사용하면 아주 효과가 좋아요.)

이렇게 하면 아기가 자극을 받아 눈을 감게 될 겁니다. 아기는 바로 깊고 긴 호흡을 하게 됩니다. 두세 번 정도 반복해 주면 울음이 잦아들거나 그칠 겁니다. 잘하면 잠이 들기도 해요. 이런 반사 작용은 생후 2개월까지 남아 있어요.

 Tip 이마에서 콧등까지 가볍게 문질러주세요

0-3개월

36 손가락 인형

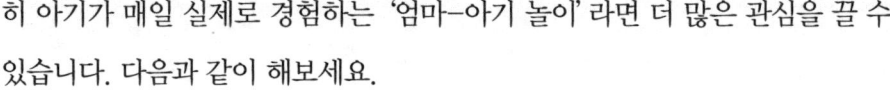

엄마의 목소리를 녹음해서 들려주면 아기의 주의를 끌 수 있는 것처럼, 작은 손가락 인형으로 놀아주면 마법과 같이 아기를 달랠 수 있습니다.

색상이 화려한 손가락 인형을 사서 재미난 목소리를 섞어가면서 놀아보세요. 아기는 사람과 사람이 대화하는 역할 놀이 같은 것에 금세 반응을 나타낼 겁니다. 특히 아기가 매일 실제로 경험하는 '엄마-아기 놀이'라면 더 많은 관심을 끌 수 있습니다. 다음과 같이 해보세요.

코끼리(왼손에 끼고, 무뚝뚝한 목소리로) : 안녕하세요? 뚱보 아줌마! 아기랑 놀고 싶어요.

뚱보 아줌마(오른손에 끼고, 애교 있는 목소리로) : 이리로 오세요. 코끼리 아저씨! 우리 아기는 지금 자고 있어서 그 큰 코로 깨우면 안 돼요.

코끼리(코를 들어올리며 슬프고도 큰 소리를 낸다.)

뚱보 아줌마 : 이런, 멍청이 코끼리 아저씨! 그렇게 하면 아기가 웃는다고 얘기했잖아요.

 손가락 인형으로도 잘 놀아요

37 분유 바꾸기

아기는 태어날 때부터 개성을 가지는데, 그 한 가지 중에 싫은 것과 좋은 것을 구분하는 것도 들어 있습니다. 아기에게 어떤 분유를 먹이느냐의 문제도 중요합니다. 아기가 싫어하는 맛의 분유를 먹인  탓에 아기가 울 수도 있으니까요. (이 시기에 어떤 한 가지 맛을 아주 좋아하는 아기라면, 커서도 싫고 좋음이 분명한 강한 성격을 보여줄 수 있지요.)

아기가 특정 분유를 더 좋아한다면, 그걸로 바꿔주어도 괜찮습니다. 분유는 모두 영양상으로는 아무런 문제가 없으니까요. 단, 같은 종류의 분유로 바꿔주세요. 우유를 먹이다가 콩으로 만든 두유를 먹이는 식으로 변화를 주는 것은 좀 더 생각해 볼 문제입니다. 다른 종류로 바꿀 때는 의사에게 먼저 물어보는 것도 좋은 방법입니다. 분유를 바꿔도 별 효과가 없거나, 처음엔 조금 효과를 보이다가 다시 예전으로 돌아오더라도 너무 걱정하지 마세요. 또 다른 분유를 먹여보고 좋아하는 것으로 바꿔주면 됩니다. 한두 번 바꿔보았는데도 마찬가지라면 다시 원래 먹이던 분유를 먹이세요.

Tip 다른 분유로 바꿔도 아무런 문제가 없어요

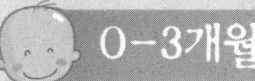

38 큰 책 이용하기

여기서 '크다'는 뜻은 문자 그대로 양이 많고, 크기가 크고, 페이지 수가 많다는 뜻입니다. 전화번호부 같은 두껍고 큰 책 말입니다.

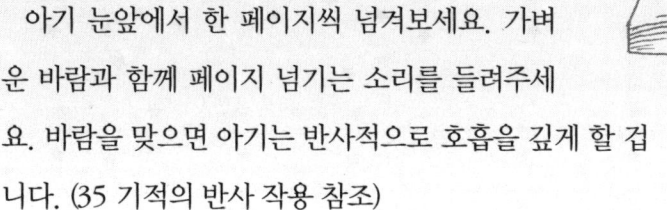

아기 눈앞에서 한 페이지씩 넘겨보세요. 가벼운 바람과 함께 페이지 넘기는 소리를 들려주세요. 바람을 맞으면 아기는 반사적으로 호흡을 깊게 할 겁니다. (35 기적의 반사 작용 참조)

책장을 넘겨주는 것이 효과가 없으면, 늘 하듯이 책을 읽어주세요. 아기가 지루해져서 잠들어 버릴 수도 있으니까요. 6~8개월이 되면 아기는 자기 나름대로 책에 흥미를 갖게 될 겁니다. 씹어 먹기 위해서 책장을 찢는다든가 하는 식으로 말입니다. 문예 비평가들이 말하는 '깊은 맛이 나는 글'이라는 것은 바로 이런 경우를 두고 한 말이 아닐까요?

 책장을 넘길 때 일어나는 바람을 맞으면 호흡을 깊게 해요

39 다리 운동

아기의 배에 가스가 차는 건 당연한 일입니다.

수유를 하거나 울 때, 아기가 공기를 삼키게 되는 건 어쩔 수 없는 일이니까요. 가스는 피할 수가 없습니다.

그러나 배에 적정량 이상의 가스가 찬 것 같으면, 가스가 나오도록 다리를 앞뒤로 가볍게 운동시켜 주어야 합니다.

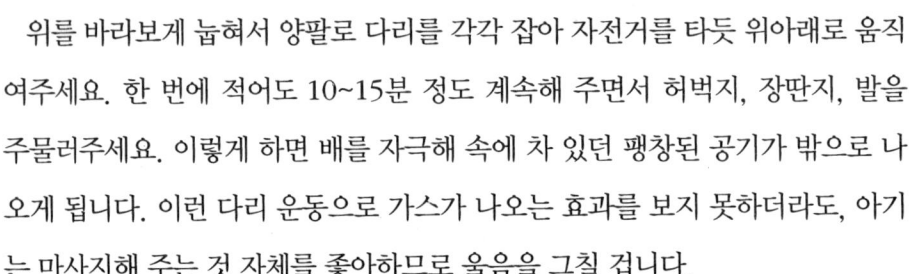

위를 바라보게 눕혀서 양팔로 다리를 각각 잡아 자전거를 타듯 위아래로 움직여주세요. 한 번에 적어도 10~15분 정도 계속해 주면서 허벅지, 장딴지, 발을 주물러주세요. 이렇게 하면 배를 자극해 속에 차 있던 팽창된 공기가 밖으로 나오게 됩니다. 이런 다리 운동으로 가스가 나오는 효과를 보지 못하더라도, 아기는 마사지해 주는 것 자체를 좋아하므로 울음을 그칠 겁니다.

 자전거를 타듯 앞뒤로 다리 운동을 해주세요

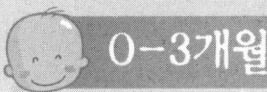

40 목욕 시간

아기가 스펀지로 몸을 씻어주는 단계를 지
났다면, 목욕을 시켜주는 것도 울음을 그
치게 하는 좋은 방법이 됩니다. 처
음에 옷을 벗겨 놓으면 추워서 더 심하게
울지도 모르지만, 따뜻한 물 속에 몸을 담
그자마자 싹 태도를 바꿀 겁니다.

손이나 목욕 수건으로 천천히 물을 끼얹
으며 부드럽게 비누칠해 주세요. 이렇게
해주면 편안해하고 만족스러워할 겁니다. 하지만 머리를 감기는 것은 좀 더 기
다려야 할 겁니다. 아기가 울음을 완전히 그치지 않은 상태에서 머리를 감기면
비누 거품이나 물이 눈이나 코, 입 등으로 들어갈 위험이 있으니까요.

또, 욕실 안과 바깥의 온도 차이를 조금이라도 줄이기 위해서는 손이 닿는 거
리에 타월을 준비해 두세요. 목욕을 끝내자마자 아기를 바로 감싸줄 수 있게 말
예요. (드물긴 하지만 목욕하는 걸 정말 싫어하는 아기도 있지요. 그런 아기를
둔 엄마 아빠라면 위에서 말한 내용들이 말도 안 되는 소리처럼 들릴 거예요.)

 목욕을 하면 기분이 좋아요

41 품에 안고 걷기

아기가 너무 심하게 울어서 도 저히 어쩔 도리가 없다면, 밖으로 한번 나 가 보세요. 바깥 공기는 조금 신선하게 느 껴질 겁니다. 집 안에 애완견이나 흡연자가 있다면, 바깥 공기는 훨씬 더 신선하겠지요. 또 밖에서는 울음소리가 상대적으로 크게 들 리지 않는다는 장점도 있습니다.

낮이건 밤이건 상관없어요. 베이비 캐리어에 넣어 안는 것보다는 그냥 엄마 품에 안아주세요. 엄마 품의 따뜻함과 엄마 의 존재를 느끼면 아기는 기분이 좋아져서 울음을 그치게 될 겁니다.

날씨 핑계를 대면서 외출을 꺼리지 마세요. 날씨가 추우면 아기를 따뜻하게 감싸면 되고, 비가 오면 베이비 캐리어를 앞으로 매어 우산을 쓰면 됩니다. 이 렇게 아기와 함께 산책을 하면 엄마의 건강에도 좋을 뿐 아니라 아기에게도 정 말 좋은 기회가 될 겁니다.

Tip 품에 안고 함께 산책하러 나가세요

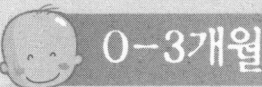
42 규칙적인 습관

어떤 아기는 규칙적인 것을 아주 좋아합니다. 이런 습관을 잘 이용하면 울음을 그치게 할 수 있습니다.

아기가 울 때마다 똑같은 방법으로 달래주면, (유모차에 태워서 산책한 후, 가볍게 흔들어주고, 안아주고, 책을 읽어주고, 노래를 불러주거나 하는 등.) 아기는 엄마가 어떻게 해줄지 기억해 두고는 습관대로 진행되면 금세 알아채고 울음을 그치게 됩니다.

아기의 성격을 알기란 쉬운 일이 아닙니다. 성격은 선천적인 것이고, 엄마가 알아채기도 전에 드러날 겁니다. 아기의 성격을 파악하는 것은 벽돌을 하나하나 쌓아가는 것과 같습니다. 부모와 아기, 모두의 입장에서 서서히 신뢰를 쌓아가면서 성격을 파악해 가는 것이지요.

 규칙적인 습관대로 움직여주세요

43 여기 봐요.
엄지손가락이 있어요!

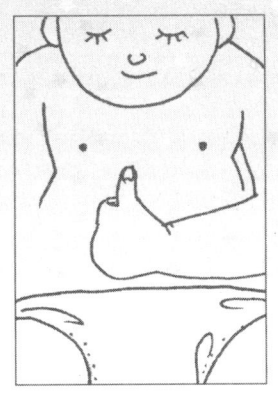

아기가 처음 맞이하는 가장 큰 전환점은 스스로 자신의 욕구를 충족시키기 시작할 때입니다.

생후 6~8주가 되면, 아기는 엄지손가락이 자기 몸의 한 부분인 팔에 붙어 있어서 자기 맘대로 입 안에 넣을 수 있다는 걸 알게 됩니다.

아기가 엄지손가락을 빨면서 스스로 울음을 그쳤다면, 칭찬하고 북돋워주어야 합니다. 시어머니나 할머니가 엄지손가락을 빨지 못하게 하라고 할지도 모릅니다. 하지만 그런 말에 신경 쓰지 마세요. 생각해 보세요. 아기로서는 인생에서 처음으로 무언가를 자기 뜻대로 했다는 소중한 경험인 것입니다. 시간이 지나면 더 이상 엄지손가락을 빨지 않고, 그 대신 입 안에 넣을 또 다른 재밌는 아이템을 찾으려 할 겁니다. 엄지손가락보다 더 재밌는 걸로 말예요.

단, 커서 아동기에도 손가락을 빤다면 고쳐주어야 합니다.

Tip 엄지손가락을 빨며 놀아요

44 장난감 1

나이에 상관없이 아기의 장난감을 고를 때 가장 걱정되는 것은, 이 장난감이 안전한 것인지, 제 나이에 맞는 것인지, 아기가 재미있게 가지고 놀 것인지 등의 문제일 겁니다.

아기가 심심해하며 운다면 가지고 놀 장난감을 줘보세요. 우유는 듬뿍 먹었겠다, 기저귀는 뽀송뽀송, 잠도 푹 잤다면 그 다음에는 뭔가 재미난 걸 찾고 있는지도 모릅니다.

하지만 자지러지듯 우는 아기에게는 장난감도 소용없을 겁니다.

장난감에 흥미를 가질 때쯤이면 손으로 잡고 흔들고 두드리면서 놀 수 있는, 선명한 색상의 장난감이 좋습니다. 또, 명암이 뚜렷한 것이 좋습니다. 보행기에는 흔히, 손이 닿는 자리에 장난감을 올려놓는 받침이 붙어 있습니다. 그 받침 위에 장난감을 올려두세요.

장난감은 아기의 주위를 다른 곳으로 돌리거나, 눈과 손의 움직임을 일치시키는 연습을 위해서도 유용합니다. 딸랑딸랑 소리가 나는 것이나, 비튼이 붙어 있어 누를 수 있는 것도 아기를 즐겁게 하는 좋은 놀이 장난감입니다.

Tip 장난감은 손발의 발달에 유용해요

45 장난감 2

딸랑이나 선명한 명암 대비를 이루는 장난감은 생후 6주 정도 된 아기의 관심을, 자기 배나 기저귀에서 딴 곳으로 돌리는 데 유용합니다. 그러나 이런 것들은 단지 몇 분 동안만 효과가 있을 뿐입니다.

그 효과라는 것은 말썽꾸러기 형을 아기에게서 조금 떼어놓기 위한 시간이나, 아기와 관련된 새로운 지혜를 짜내기 위한 시간을 약간 벌어주는 정도니까 그 이상은 기대할 수 없을 겁니다. 하지만 아기가 자랄수록 장난감을 가지고 노는 시간도 점점 늘어날 겁니다.

 아직은 장난감을 오래 가지고 놀지 못해요

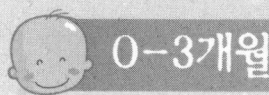
46 젖병 젖꼭지

젖병 젖꼭지 디자인 하나에도 과학이 들어 있습니다. 분유가 잘 나오게 하면서도 공기는 남아 있지 않게 해야 하니까요.

최근에 새로 나온 젖병은 젖꼭지 끝이 접혀 있어서 공기가 덜 들어가도록 고안되어 있습니다. 덕분에 젖병을 잡기가 훨씬 편해졌지요. 그런가 하면 반 진공식으로 디자인되어 아기가 삼키는 공기의 양을 조절하는 최신식 젖꼭지도 있습니다.

이런 젖꼭지를 사용하면 새벽 울음을 그치게 할 수 있는데, 아기가 공기를 많이 들이마셔 울 경우에만 효과가 있을 겁니다.

Tip 최신식 젖꼭지로 바꿔주세요

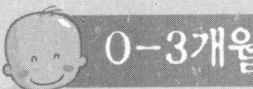

47 배 마사지

신생아 마사지 요법 전문가들은, 마
사지는 아기의 건강에 아주 좋다고 합
니다. 그 중요성을 아무리 강조해도
부족할 정도로요. 마사지는 근육이 부
드러워지고, 피부가 좋아지고, 폐활량

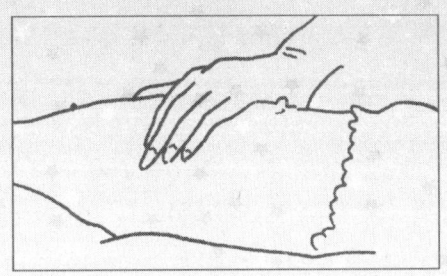

이 늘어나고, 소화가 촉진되는 놀라운 효과가 있습니다.

하지만 저는 이런 물리적인 효과 말고도, 아기와 친밀한 신체 접촉을 할 수 있
는 또 다른 효과가 있다고 생각합니다.

자지러지게 우는 아기를 진정시키는 첫 단계로 우선 아기의 배를 문질러주는
것도 좋습니다. 아기가 새벽에 우는 원인이 배 안에 찬 가스 때문일 수도 있으니
까요. 이럴 때 배를 마사지해 주면 한결 좋아질 겁니다.

 배 마사지를 해주면 건강에도 좋고 기분도 좋아져요

0-3개월

48 전신 마사지

아기가 배 마사지를 좋아한다면 발과 팔, 두피 등 도 함께 마사지해 주세요.

옷을 벗기고 해야 되기 때문에 방이 따뜻한 지 먼저 확인한 다음 시작하세요.

부드러운 로션이나 마사지 오일을 (아주 적 은 양을 사용해야 해요.) 사용해도 되지만, 나중에 피부 발진이 생길 수도 있으니까 주의 해서 잘 살펴봐야 합니다. 이런 발진은 피부의 민감성을 나타내는 징조입니다.

아기 마사지 기법과 오일, 그 밖에 다른 조언이 상세하게 기술된 책이 많이 나 와 있을 겁니다.

어느 정도 준비가 되었다면, 기분 좋은 마사지를 해주세요. 부분 마사지를 한 다음, 몸을 풀어주는 전신 마사지를 해주세요. 마사지를 해주었을 때, 아기가 비교적 얌전해지고 진정되는 효과가 있었다면, 아기가 울 때도 이 방법을 사용 해 보세요.

 Tip 부분 마시지를 한 다음, 전신 마사지를 해주세요

49 여섯 가지 의식 상태

아기에게는 뚜렷하게 드러나는 여섯 가지 의식 상태가 있습니다. 그런 상태를 알고 있으면 자고 우는 복잡한 문제를 해결할 수 있는 기본자세가 된 셈이지요. 여섯 가지 의식 상태는 다음과 같습니다.

1. 숙면 상태.
2. 렘(REM) 수면 상태. 얕은 잠에 빠진 상태로, 꿈을 꾸고, 뒤척이기도 하고, 눈과 얼굴을 움직이기도 함. REM이란 Rapid Eye Movement의 약자로, 눈이 활발하게 움직이는 얕은 수면 상태를 말합니다.)
3. 졸음 상태. 반은 깨어 있고, 반은 잠들어 있는 상태.
4. 맑은 정신으로 깨어 있는 상태.
5. 깨어 있으면서 정신없이 구는 상태.
6. 울 것 같은 상태.

생후 1년 동안 깊이 잠들지 못하고 금세 깨는 문제는 렘 수면 상태에서 일어납니다. 주기적인 간격으로 일어나므로 시간을 예측할 수 있습니다.

아기가 잠들지 못하는 것은 졸음 상태에서 방해를 받기 때문입니다.

깨어 있을 때 정신없이 구는 아기는 생리적인 불만족을 표현하는 겁니다. 어떤 부분인지 파악해서 해결해 주어야 합니다.

5번까지의 상태에 있는 아기와, 6번 상태에 있는 아기를 다루는 방법은 달라야 합니다.

아기는 낮 동안에 경험한 일들을 소화하기 위해서 그 밖의 세계를 차단하려고 합니다. 이를 위해서 우는 겁니다. 이 단계에 있는 아기에게는 우유를 주거나, 기저귀를 갈아주는 것 외에도 아기가 어떤 기분인지를 잘 살펴보고 대책을 마련해야 합니다.

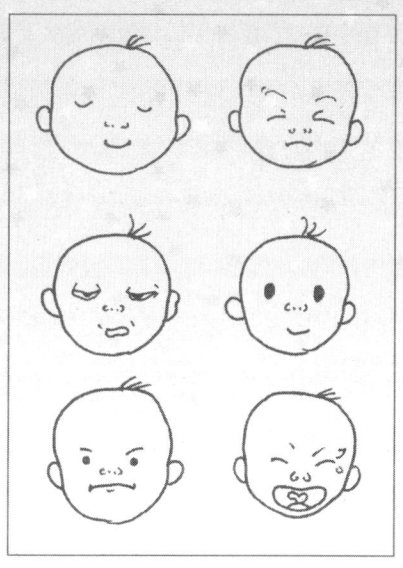

Tip **아기의 의식 상태를 잘 살펴보세요**

50 변덕이 죽 끓듯 하는 아기

변덕이 죽 끓듯 하는 아기라는 것은, 하루를 좀처럼 스케줄대로 움직이지 않고 날마다 습관이 바뀌는 아기를 말합니다.

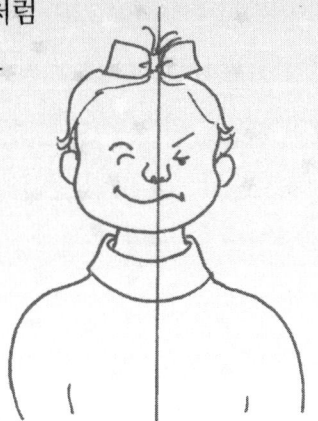

이런 아기는 자기가 우는 이유를 정확히 모르고 있어요. 배가 고파서, 자고 싶어서, 기저귀가 젖어 있어서 운다는 사실을 모르는 것이지요. 또, 금세 싫증을 내기도 합니다. 그래서 울음을 달래기가 힘이 듭니다. 전에는 잘 들었던 방법도 금세 효과가 없을 수 있으니까요.

이런 변덕스런 행동과 새벽에 우는 것과는 차이가 있습니다. 새벽 울음은 보통 유순하고 다루기 편한 아기에게도 자주 일어납니다.

변덕이 심한 아기에게는 두 가지 방법을 쓸 수 있어요. 상황에 따라 그때그때 맞춰주든지, 아니면 아기의 불규칙적인 습관과는 반대로 규칙적으로 행동하는 겁니다.

가능하면 체크리스트를 만들어보세요. 지금까지 아기의 울음을 달래는 데 효과가 있었던 방법과 그렇지 않았던 방법을 나열해 보세요. (종이에 적든 머릿속에서든.) 아기가 울 때, 이 체크리스트에서 효과가 있는 방법을 골라서 시험해 보세요.

0-3개월

변덕이 심한 아기 중에도 조금씩 습관에 익숙해지는 아기도 있습니다. 아기가 간식과 낮잠을 좋아하면, 반드시 이것을 하루의 습관 속에 포함시키세요. 이 습관을 기초삼아 목욕과 수유, 긴 낮잠 등을 습관 속에 포함시켜 늘려가세요.

 규칙적인 습관대로 움직이도록 하세요

51 예민한 아기

예민한 아기는 낯선 것을 대하면 늘 편치 않아요. 낯선 사람에게 안길 때도 울고, 모유가 아닌 젖병을 물려도 울고, 큰 소리가 들려도 울 겁니다.

이런 아기는 비교적 규칙적인 습관에 잘 적응합니다. 수유할 때는 항상 같은 자세로 안아주세요. 또, 낯선 사람들에 익숙해질 수 있게 방문자들을 제한하세요. 그리고 매일 비슷한 시간대에 목욕을 시키고 낮잠을 재우세요.

예민한 아기는 엄마에 비해서 익숙하지 않은 아빠를 보면 불편해합니다. 아기가 싫어하므로 따돌림 당하는 기분이 들지도 모르겠지만, 이것은 일시적인 현상일 뿐입니다. 이런 행동은 곧 없어질 것이므로, 아빠에게도 아기를 돌볼 수 있는 기회가 많이 있을 겁니다. 물론 아빠가 아기를 적극적으로 보살펴줄수록, (모든 아빠들이 그렇게 할 수 있는 여유가 있는 것은 아니겠지만.) 아기는 아빠와 같이 있는 것을 점점 더 편안해할 겁니다.

 아빠에게도 아기를 돌볼 수 있는 기회를 주세요

52 기가 센 아기

기가 센 아기라고 해서 꼭 울보가 되는 것은 아닙니다. 하지만 아기가 기가 센 편이라면, 좀 더 주의를 기울이세요. 이런 아기는 태어날 때부터 다른 아기에 비해 움직임이 많은 경향이 있어요. 배가 고프거나 기저귀가 젖어 있어서 불편할 때면 우렁차게 울어댑니다.

예민한 아기와 마찬가지로, 이런 아기에게도 주변 환경을 차분하게 만들어주는 것이 중요합니다. 소음을 피하고 너무 강렬한 빛도 피하세요. 집에 있을 때 더 큰 형제들이 왔다 갔다 하면서 소란을 피우고 방해하는 일도 없도록 하세요.

Tip 주변 환경을 차분하게 만들어주세요

53 부정적인 아기

부정적인 아기는 울보가 아닐 겁니다. 그렇다고 생글거리거나 킥킥거리며 잘 웃는 아기는 더구나 아닐 겁니다. 뚱하게 인상을 쓰고 있는 것처럼 보이거나, 생글거리며 웃고 있는 아기보다 더 쉽게 울 것처럼 보입니다.

이런 부정적인 성향을 당장 고칠 수 있는 방법은 없지만, 그렇다고 영원히 바뀌지 않는 것도 아닙니다. 시간이 지나면, 아기는 다른 방법으로 자신을 표현하는 법을 배워갈 겁니다. 구름 뒤에서 해가 나오듯이 서서히 긍정적으로 바뀌게 됩니다.

 시간이 지나면 긍정적으로 바뀌어요

54 순한 아기

아무리 순한 아기라도 손이 가지 않는 아기는 없답니다. (이 말이 순하지 않은 아기를 가진 엄마 아빠에게 어느 정도 위안이 될지 모르겠네요.)

정말로 순해서 손이 가지 않는 아기는 유니콘이나 네스 호의 괴물처럼 상상의 세계에만 존재할 겁니다.

완전히 순하고 문제없는 아기를 가졌다고 생각했던 엄마 아빠라도 나중에 제멋대로 폭주하는 기관차처럼 행동하는 사춘기 아이를 보게 될 겁니다.

 이 세상에 순한 아기는 없어요

55 활달한 아기

활동적이고 예민한 아기라고 해서 꼭 새벽에 울라는 법은 없습니다. 이 타입의 아기는 눈에 보이는 대로 물건을 차 버리거나 잡거나 합니다. 또, 수유하는 동안 이것저것에 쉽게 관심을 돌리기도 하고, 기분 좋아서 소리를 지르면서 엄마의 얼굴에다 우유를 뿌려대기도 할 겁니다. 기저귀를 갈 때는 너무나 버둥거려서 마치 레슬링 시합하듯 해야 할 겁니다.

또, 이런 아기는 자궁 안에 있을 때는 늘 발길질을 해대서 엄마의 등골을 아프게 했을 겁니다. 이런 아기를 재우거나 달래는 방법은 다음과 같습니다.

★ 아기의 주의를 돌리는 데 책을 사용해 보세요. 책장을 빨리 넘기거나 읽어주면 아기의 관심을 끌 수 있을 거예요.

★ 목욕을 오래 시켜주세요.

★ 마음을 편안하게 해주는 노래를 불러주세요.

★ 조용한 목소리로 이야기해 주세요.

★ 로션이나 오일로 마사지해 주세요.

★ 아기그네에 태워서 흔들어주세요.

 0-3개월

활달한 아기는 굉장히 붙임성이 좋습니다. 또한 자극에 쉽게 반응하기 때문에 작은 일에도 즐거워합니다. 이런 아기를 둔 가정이라면 일찌감치 집 안을 아기에게 안전한 장소로 만들어두어야 합니다. 아기가 끊임없이 집 안을 돌아다니고 무언가를 만져댈 테니까요.

 집 안을 안전한 장소로 만드세요

56 권투 연습

링 안으로 들어가세요. 베이비 캐리어로 아기를 앞으로 안고, 아기와 아빠가 마주보세요. 넓은 장소에서 샌드백을 두드려보면서 운동을 시작하세요.

아기는 아빠의 체온과 리듬에 반응할 겁니다. 물론 운동도 될 겁니다. 남자 아기라면, 남자들만의 유대감을 쌓아가는 좋은 방법이 되겠죠.

여자 아기라면, 엄마와도 이렇게 할 수 있어요. 권투를 남자들만 즐기라는 법은 없잖아요.

 Tip 아빠랑 함께 권투를 해요

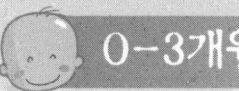

57 눈 맞추기

우는 아기를 달래는 방법과는 무관해 보일지도 모르지만, 아기는 수유할 때나 노래를 불러줄 때, 기저귀를 갈아줄 때 엄마와 눈을 마주치는 걸 아주 좋아합니다.

눈을 맞춰주면 아기는 엄마를 자신의 욕구를 해결해 줄 믿을 만한 사람으로 인식하게 될 겁니다. 아기와 엄마 사이에 신뢰를 구축하는 중요한 계기가 되지요.

눈 맞추기의 효과는 직관적으로 알 수 있는 일이기도 합니다만, 신생아 연구 분야에서 과학적으로 밝혀진 사실이기도 합니다. 직관적으로 보이는 눈 맞추기의 효과에 대해서는 더 이상의 설명이 필요 없습니다. 아기와 엄마가 돈독한 사랑의 유대 관계를 맺어가는 한 부분이니까요.

 아기와 자주 눈을 맞춰주세요

58 외출

산후 첫 몇 주 동안 엄마는 자신도 모르게 외출을 꺼리게 됩니다. 아기를 세심하고 헌신적으로 돌보길 원해서 아기가 잠들면 깨우지 않으려고 살금살금 걸어 다니죠. 그리고 아기를 두고 다른 곳에 간다는 건 생각도 하지 못하죠. 아기가 잠에서 깼을 때, 엄마가 옆에 없으면 끝까지 울어대니까요.

생후 6~8주가 되면, 외출 기피증은 물론 이런 매사의 지나친 조심성을 떨쳐 버리세요.

볼일이 생기면, 아기도 함께 데리고 나가세요. 그렇다고 아기를 낳기 전처럼 오랫동안 밖에서 쇼핑을 하거나, 하루를 이런저런 약속들로 채우라는 뜻은 아니에요. 아기를 돌볼 시간도 있어야 하니까요.

온통 아기 중심이던 생활에서 벗어나 잠시 자신의 세계로 되돌아가면 엄마의 기분도 한결 나아질 겁니다. 아기가 평소보다 많은 일과를 체험한 탓에 좀 더 많이 운다고 해도, 끄떡없이 대처할 수 있는 활력을 얻을 수 있을 겁니다.

 아기와 함께 외출하세요

59 억지로 먹이지 마세요!

　머리를 좌우로 흔들며 자지러지게 우는 아기에게 억지로 우유를 먹이려 하지 마세요.

　이런 애기가 지금까지 들은 애기와 다를 수도 있을 겁니다. 아기가 흥분해 있을 때는 모든 힘을 다른 곳에다 쓰게 됩니다. 팔다리를 휘젓고, 방귀를 마구 뀌고, 엄마의 안경을 날려 버릴 정도로 우는 데 온 힘을 쓰죠.

　이런 상태에서는 우유를 빨아 먹는 근육을 움직일 수도 없고, 호흡과 관련된 근육을 진정시킬 수도 없습니다. (특히 호흡과 관련된 근육 중 하나인 횡격막이 위를 누르게 되므로 아기는 배고픔을 느끼지도 못해요.) 더욱이 먹은 우유를 위에 넣어둘 수도 없어요.

　이럴 때는 무엇을 먹이든지 아기는 곧 토해낼 겁니다. 먼저 울음을 그치게 한 다음, 우유를 주세요.

 자지러지게 울 때는 우유를 먹이지 마세요

60 아침 일찍 일어나는 아기

아침, 아기가 눈을 떴어요.

제일 먼저 배가 고프고, 엉덩이는 축축하게 젖어 있어요. 엄마로서 이런 기본적인 욕구를 해결해 주고 싶을 겁니다. 그런데 만약 그게 새벽 5시 15분이라면 어떨까요? 아마도 엄마는 정말로 일어나고 싶지 않을 거예요.

물론 평소 아침잠이 없었다면 '푹 잤으니 이제 일어날 시간이군.' 하고 생각하며 흔쾌히 일어나는 사람도 있을 겁니다. 하지만 그렇지 않은 사람이라면 '아직 아침이 오려면 멀었는데….' 하며 아쉬워할 겁니다.

하지만 걱정하지 마세요. 아기를 아침에 더 재우는 방법이 있으니까요.

★ 아침 햇빛이 들지 않게 커튼을 치고, 차 소리가 들리지 않게 창문을 닫아 두세요.

★ 아기가 눈을 뜨자마자 바로 우유를 주지 마세요. 안 그러면 아기는 매일 5시 15분에 배꼽시계를 맞춰놓고 우유를 달라고 할 거예요.

★ 밤늦게 잠들게 하고, 낮잠을 줄이도록 하세요. 아기는 하루에 16시간을

자야 하는데, 밤에 많이 자도록 할당해야 해요.

★ 딸랑이와 같은 장난감과 그림책을 아기 머리맡에 놓아두세요. 뭔가 보고

놀 것이 있으면 즐거워하니까요.

 아기가 눈을 뜨자마자 바로 우유를 주지 마세요

61 새 매트리스와 패드

아기 침대에 혼자 재우게 되면 처음 며칠 동안은 종종 새벽에 깨서 울 겁니다.

아기들은 똑똑하거든요. 뭔가 바뀌고 예전과는 다르다는 걸 느낍니다. 대부분의 아기는 이런 변화를 좋아하지 않습니다.

이 문제는 아기 침대의 매트리스를 바꿔줌으로써 쉽게 해결될 수도 있습니다. 조상대대로 물려받은 침대라면, 새 매트리스를 하나 사도록 하세요. 아기에게는 뭉쳐 있거나 움푹 들어가 있지 않고, 이상한 냄새가 배어 있지 않는 단단한 매트리스가 필요합니다.

매트리스를 산다면 그 위에 깔 얇은 패드도 같이 사세요. 고약한 오줌 냄새나 똥 냄새가 매트리스에 배지 않게 하려면 위에다 패드를 깔아주는 게 좋습니다. 매트리스 전체를 갈지 않으려면 말예요.

아기랑 엄마 아빠가 함께 잘 수 있는 시간은 가정마다 다르겠지만, 대개 2~5개월 사이에 아기 방이나 침대로 옮겨주는 게 좋아요.

 Tip **매트리스와 패드를 새 걸로 바꿔주세요**

62 소음을 줄이세요!

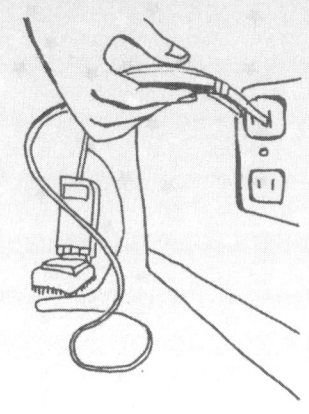

심한 소음에 아기를 장시간 노출시키지 마세요.

90데시벨 이상은 아주 큰 소리입니다. 예를 들면 농구 경기, 록 콘서트, 바로 옆에서 울리는 사이렌 소리와 같은 큰 소리이지요. 그런 소리를 아주 잠깐 듣는 것은 큰 문제가 아니지만, 계속해서 듣게 되면 아기의 청각과 언어 발달에 심각한 영향을 미칠 수 있습니다.

영화 〈반지의 제왕 3〉를 보러갈 때나 챔피언 시리즈가 열리는 농구 경기장 같은 데는 아기를 데리고 가서는 안 됩니다.

아기 때문에 집에만 갇혀 있어야 한다는 얘기처럼 들리나요? 그렇더라도 예전에 좋아했던 모든 것들은 베이비시터에게 아기를 맡겨놓을 수 있을 때까지 참아야 합니다.

 90데시벨 이상의 소음은 피하세요

63 가슴 쓸어주기

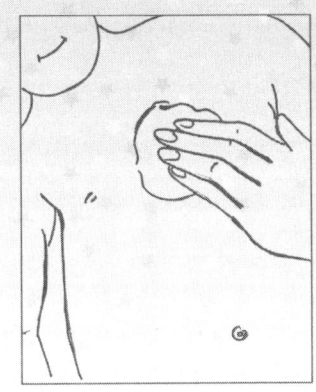

두 손을 펴서 아기의 가슴 위에 놓고 살짝 리듬을 타면서 갈비뼈를 따라 부드럽게 손을 움직여주세요.

이렇게 해주면, 아기는 엄마 손의 리듬에 맞추어 점차 울음을 그치게 될 겁니다. 가볍게 가슴을 주물러주거나 원을 그리듯 배를 쓰다듬어주어도 좋아요.

아기가 일단 엄마의 손길에 반응하기 시작하면, 울음을 그치지 않더라도 점점 잦아들 겁니다. 여기서 멈추지 마세요. 아기가 기분 좋게 느끼니까 그대로 계속해 주세요. 등과 팔, 다리, 손가락, 발가락 끝으로 (두피도 물론이고.) 옮겨가며 마사지해 주세요.

울음이 심해지거나, 수유나 기저귀를 갈 필요가 있을 때를 제외하곤 다른 것은 하지 말고 마사지를 계속해 주세요.

 가슴과 배를 마사지해 주면 좋아해요

 0-3개월

64 기저귀 갈기

기저귀 가는 것을 엄마 혼자서만 하지 마세요.

기저귀 가는 게 너무 어려워서 못하겠
다는 남편이 아직도 있나요? 노인건강
보험에 가입해야 할 나이거나, 장애
자 등급 판정을 받아야 할 정도가 아니
라면 기저귀는 누구나 갈 수 있습니
다. 기저귀 가는 것이 대단한 노력이
나 연구가 필요한 것이 아니니까요.

기저귀를 가는 것은 아기와 특별한 유
대감을 만들 수 있는 좋은 기회입니다.

그러나 주의하세요. 아기의 엉덩이를 깨끗이 닦아주지 않거나 유아용 크림을
사용하지 않으면, 피부에 발진이 생길 수도 있으니까요. 엄마가 하는 것을 자세
히 보고 그대로 해주어야 합니다.

유아용 크림은 매번 기저귀를 간 때마다 발라주는 게 좋습니다. 피부 발진은
위생 상태가 좋으면 대부분 예방할 수 있습니다.

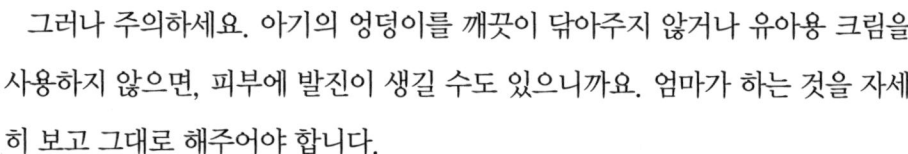

 아빠가 갈아주면 기분이 더 좋아요

65 부-우 부-우

아기의 배꼽 주위를 부-우 부-우 소리를 내며 불어주면, 아기는 기분이 좋아져서 생글생글 웃을 겁니다. 생글생글 웃는 아기를 보면서 자신이, 생각 이상으로 엄마다워지고 있다는 뿌듯함을 느낄 겁니다. 아기를 위해 뭐든지 해주고 싶은 엄마 말이죠.

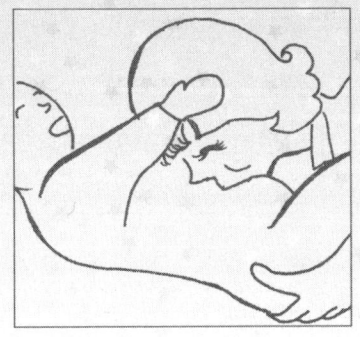

아기의 배꼽에 입을 대고, 부-우 부-우 소리를 내며 부는 것이 아기에게 가장 효과가 있다고 합니다. 예를 들어 기저귀를 갈 때, 먼저 배꼽에다 이렇게 해주면 아기는 기분이 좋아져서 쉽게 협력해 줄 겁니다. 아기 배꼽 냄새는 좀 참아야 하지만 말예요. 목욕을 시키려고 옷을 벗길 때, 아기가 까다롭게 굴면서 벗지 않으려 할 때가 있을 겁니다. 이런 때도 역시 효과가 있지요.

우유를 먹은 직후나 칭얼대면서 잠들려 할 때는 배에 많은 자극을 주지 마세요. (보통 아빠들이 이런 실수를 하지요.)

만약 아기가 배에 부-우 부-우 소리를 내며 불어주는 것을 좋아한다면, 겨드랑이나 허벅지에도 한번 해보세요.

 부-우 부-우 소리를 내며 배꼽 주위를 불어주면 좋아해요

66 안고 놀기

아기를 안고 하는 이 놀이는 신체의 부분을 가르쳐주는 놀이입니다.

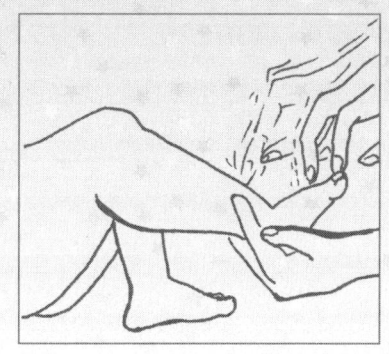

먼저 아기를 무릎 위에 앉히고, 아기 손으로 아기의 코를 가리키고 나서 엄마의 코를 가리켜 굵은 목소리로 '코!' 하고 말하세요. 한두 번 반복한 다음, 입, 귀, 눈도 똑같이 해보세요.

그러고 나서 가슴과 배로 내려가세요. 계속해서 팔로 내려가서 '팔, 손, 엄지 손가락, 손가락, 손가락, 손가락!' 을, 엄마와 아기의 팔에서 손가락까지 하나하나 가리키면서 말해주세요. 양팔 다 그렇게 해주세요.

다리로 가면 '다리, 발, 발가락, 발가락, 발가락!' 하고 말하면서 마지막에 발바닥을 간질여주세요.

대부분의 아기는 30~40번 정도까지는 즐거워할 겁니다. 너무 많이 반복하면 지루해하거나 다른 놀이를 하고 싶어 할 겁니다.

 몸의 부분을 가르쳐주며 놀아주세요

67 고무젖꼭지

자지러지도록 우는 아기에게 고무젖꼭지를 물리는 것은 아기와 엄마의 정신 건강을 위한 쉽고도 유익한 방법입니다.

고무젖꼭지는 아기가 좋아하는 활동에 집중할 수 있게 해주고, 지나치게 시끄럽고 어수선한 바깥 세계의 자극으로부터 아기를 떼어놓는 데 아주 효과적입니다.

할머니 세대의 부모들은 고무젖꼭지를 별로 탐탁지 않게 생각했습니다. 그래서 아기의 입에 고무젖꼭지를 물리면, 야단을 치는 할머니도 많이 있을 겁니다.

하지만 고무젖꼭지 때문에 아기의 이가 상하거나 하지도 않고, 버릇이 나빠지는 것도 아닙니다. 아기가 커서까지 고무젖꼭지를 고수하려고 하지도 않습니다. 단, 주의해야 할 사항은 고무젖꼭지를 그만 물려야 할 때를 아는 것입니다.

| 주의 사항 | 아기가 배고프지 않은지 확인하세요. 배가 고프면, 고무젖꼭지는 아무 소용이 없으니까요.

 Tip 고무젖꼭지는 사용해도 괜찮아요

68 또 다른 위대한 반응

아기의 이마에 살짝 입김을 불어보세요. 아기는 금세 눈을 깜빡이며 깊은 숨을 쉴 겁니다. 감기와 같은 전염성 질환을 앓고 있다면 이런 방법은 피해야 합니다.

어떤 아기는 6개월까지도 이런 반응을 보입니다.

한두 번 이렇게 해주면, 아기는 자기가 왜 울게 되었는지 잊어버리게 될 겁니다. 아기가

일단 진정이 좀 되고 나서, 입김을 불어주어도 효과가 아주 좋아요.

Tip 이마에 살짝 입김을 불어주세요

69 가볍게 흔들어주기

새벽 울음을 달래는 이 방법은, 내가 아는 한 아빠가 우연한 기회에 알아냈다고 합니다. 그 아빠는 TV를 볼 때도, 전화를 받을 때도, 무엇을 하든지 간에 안절부절못하며 다리를 떠는 버릇을 가지고 있었습니다.

아기가 새벽에 울면, 아빠는 항상 아기를 무릎 위에 앉혀놓고 부드럽게 등을 토닥여주었다고 합니다. 그때도 역시 아빠는 버릇대로 다리를 떨고 있었죠. 결국 의도하지는 않았지만, 늘 떨고 있는 다리로 아기를 가볍게 위아래로 흔들게 된 거죠. 아빠는 이것을 알고 나서는 아기의 등을 토닥여주지 않고 다리로만 아기를 흔들어주었는데 효과가 있었다고 합니다. 아기도 아빠도 만족하는 가장 좋은 자세였지요.

| 주의 사항 | 다리를 떨 때, 크게 흔든다든가 높이 쳐올려서는 안 됩니다. 아기를 공중에 띄운다거나 아기의 머리가 아래위로 크게 흔들린다거나 해서도 안 됩니다. 만약 아기가 흔들어주는데도 울음을 그치지 않는다면 그만 해야겠죠.

 무릎 위에 앉혀놓고 가볍게 흔들어주어도 좋아요

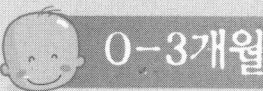
70 절대로 심하게 다루면 안 돼요!

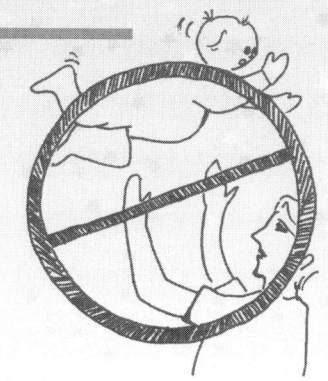

아기와 더 과격하게 놀아주는 쪽은 당연히 엄마보다 아빠일 겁니다. 아기를 달랠 경우도 마찬가지일 겁니다. 아빠가 엄마보다 아기와 더 과격하게 놀아주고, 달래려 할 때도 더 많이 흔들어주는 것은 당연한 일일 겁니다.

대개의 아빠들은 공중에 아기를 던지면서 달래려고 하는 경향이 있습니다. 하지만 태어난 지 얼마 안 된 신생아를 공중에 던지는 일은 절대로 해서는 안 됩니다. 아무리 살짝 공중에 띄워준다고 해도, 떠 있는 동안 아기의 머리, 목, 눈에 부상을 입힐 수 있습니다.

아기를 안아서 너무 세게 돌리는 것도 위험합니다. 갑작스런 감속 등 예기치 않은 충격으로 부상을 입을 수 있습니다. 비행기 놀이, 헬리콥터 놀이, 손가락 잡이당기기 놀이는 아기가 큰 다음에 얼마든지 할 수 있습니다. 신생아인 지금은 그 시기가 아닙니다.

 과격하게 놀아주면 부상의 위험이 있어요

71 감기

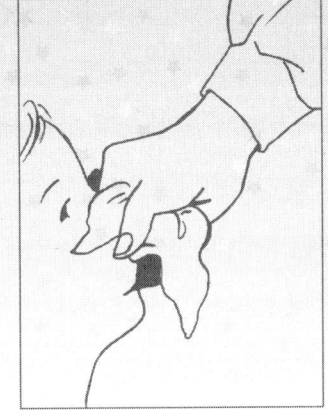

감기에 걸려서 칭얼거리고, 지쳐서 훌쩍훌쩍 우는 아기를 달래는 일은 어느 엄마 아빠에게도 어려운 일일 겁니다. 이럴 때 아기는 대개 하루 종일 안아주기를 바랍니다. 심하게 울 때도 마찬가지일 거예요. 아기가 좀 나아질 때까지 다음 사항을 명심해야 합니다.

★ 하루 종일 안아주세요.

★ 되도록 낮잠을 많이 재우세요.

★ 가능한 한 많은 칼로리 섭취가 필요해요. 딱딱한 음식은 싫어할 수 있지만, 액체로 된 것은 계속 마셔댈 거예요. 분유를 먹지 않는다면, 수분을 균형적으로 섭취할 수 있는 경구용 전해질 용액을 먹여도 괜찮아요. (많이 아픈 아기라도 보통 모유는 먹어요.) 경구용 전해질 용액을 하루 이틀 먹는 동안 아기의 입맛이 돌아올 거예요.

★ 아기가 마시는 것조차도 거부하면, 탈수증이 일어나는지 살펴볼 필요가 있어요. 우는데도 눈물이 나지 않고, 6~8시간 이상 오줌을 누지 않고, 점액질의 침이 보인다면 의사의 진찰을 받으세요.

 많이 안아주고 수분을 충분히 공급해 주세요

0-3개월

72 할머니

신생아를 돌봐줄 수 있는 할머니가 있다는 건 아주 다행스러운 일일 겁니다. 우는 아기를 잠시나마 할머니께 건네줄 수 있으니, 엄마 아빠는 안도감을 느낄 거예요. 할머니는 우는 아기를 달래는 비법 한 두 가지는 알고 있을 겁니다. 게다가 친정어머니나 시어머니처럼 완전히 아기를 믿고 맡길 수 있는 사람은 거의 없지요. 하지만 이때도 명심해야 할 몇 가지 사항이 있습니다.

★ 할머니가 엄마를 키웠을 때는 지금과는 아주 다른 방법으로 키웠을 거예요. 그 시절 이후로 많은 것이 변했어요. 따라서 할머니와 엄마 사이에 약간의 융통성이 필요해요. 엄마는 할머니의 말에 귀 기울여야 하고, 할머니도 엄마의 의견을 존중해 주어야 합니다.

★ 고부간의 갈등이 있었다 해도 일단 아기를 돌봐주기로 한 이상, 그런 기억들은 지워버리세요. 할머니가 일단 의지를 가지고 있다면, (고부 갈등과 상관없이,) 아기에게 최고로 잘해 주는 멋진 할머니가 될 수 있을 테니까요.

★ 어쩌면 할머니는 착실히 저축을 하고 있을지 몰라요. 잘하면 골치 아픈 교육비는 조금 덜어줄 수도 있을 거예요.

Tip 할머니께 도움을 청하세요

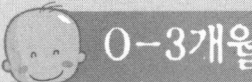

0-3개월

73 열 1

열은 그 자체로는 병이 아닙니다. 병이 있다는 걸 알려주는 증상일 뿐이에요. 감염으로 인해 열이 나게 되면 아기는 계속 칭얼대고, 아무리 해도 울음을 그치지 않을 겁니다. 때로는 잠만 자려 할 겁니다.

특히, 3개월 미만의 신생아에게 열이 있으면 의사와 상담하세요. 어떤 상황인지를 먼저 알아내는 것이 중요하니까요.

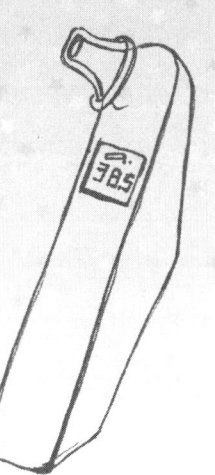

항생제가 필요 없는 세균성 감염인지 항생제가 필요한 감염인지를 알아야 합니다.

아마 대부분의 경우엔 큰 문제가 없다는 진단이 나올 겁니다.

Tip **열은 병이 있다는 징조예요**

74 양파는 안 돼요!

확실히 증명되진 않았지만, 모유를 먹이는 엄마가 브로콜리나 마늘, 컬리플라워, 양배추, 양파를 먹으면 아기의 장에 가스가 생긴다고 합니다. 이것 때문에 새벽에 우는 아기도 있어요.

민감한 아기의 장을 위해서 마늘이나 양파를 먹지 않는 편이 현명한 선택입니다.

마늘이나 양파를 안 먹고 며칠을 지내보면 그것이 효과가 있는지 없는지를 알 수 있을 겁니다. 밥과 물 등 매우 제한된 식사를 했는데도 아기가 계속 울면, 울음을 달랠 다른 방법을 찾아보세요. 물론 식단은 예전대로 되돌려도 좋아요.

 모유를 수유하는 엄마는 마늘이나 양파를 먹지 마세요

75 구토

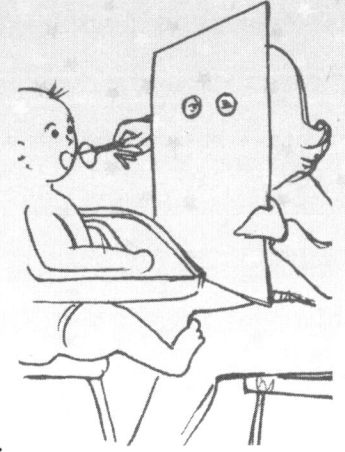

구토는 대부분의 아기들이 생후 몇 개월 동안 겪게 되는 현상입니다. (해부학적으로는 '식물 회로의 역행'이 원인인데, 데이브 베리가 이를 밝혀냈죠.)

소수이긴 하지만, 식도의 위산 이상으로 토할 때 고통스러워하는 아기도 있습니다.

구토로 아기가 칭얼대고 불편해할 때, 병원에 가기 전에 해볼 만한 몇 가지 방법이 있습니다.

★ 매트리스 아래에 베개를 넣어서 침대 머리 쪽을 약 10~15도 각도로 들어올리세요. 그리고 담요를 말아 아기가 흘러내리지 않게 발바닥과 그 주변을 받쳐주세요.

★ 우유 118ml에 쌀로 만든 시리얼을 한두 스푼 섞은 분유나 진하게 한 모유를 먹이세요.

 구토로 고통스러워 할 경우, 머리 쪽을 약간 높여주세요

76 이런 건 생각도 하지 마세요!

알코올은 때에 따라선 아기에게 치명적인 독약이 될 수 있습니다. 절대로 아기에게 알코올을 주어서는 안 돼요.

아기의 울음을 그치게 하는 약은 없습니다. 약으로 아기를 달래려고 하면 절대 안 됩니다. 통증이나 병, 상처의 우려가 있어도, 먼저 약을 먹이기 전에 의사와 상담하세요.

허브 차는 성인들이 마시는 차입니다. 허브 차 전문가가 어떤 말을 해도 아기에게는 주지 마세요. 사실 허브 차에는 성인에게는 무해할지 몰라도 아기에게는 독이 되는 카페인과 흥분제가 들어 있어요. 모유를 수유하는 엄마라면, 엄마가 마시는 허브 차도 신경 써야 합니다. 하루에 한 잔 정도는 괜찮습니다. 단, 카페인이 모유를 통해 아기에게 전달될 수 있다는 걸 알아야 합니다.

Tip 알코올이나 카페인이 들어 있는 차는 아기에게 주지 마세요

77 일지 쓰기

반드시 해야 하는 사항은 아니지만, 우는 아기를 어떻게 달래야 할지 잘 모르겠다면 도움이 될 만한 것들을 기록해 두세요.

'울음 일지'에 써두면 괜찮을 몇 가지 사항들은 다음과 같습니다.

★ 매번 울기 시작한 시간은?

★ 울 때의 상황은 어떠했는지? (예를 들면 수유 직후인지, 소리를 지르며 깨어났을 때인지, 큰 소리가 난 다음인지….)

★ 어떤 방법을 써보았는지?

★ 얼마 동안 울었는지?

★ 무엇 때문에 울음을 그치게 되었는지?

일주일 정도 해보면, 예전에는 확실치 않았던 어떤 한 가지 패턴이 나타날 겁니다. 패턴을 잘 이해하면 하루의 계획을 새롭게 짤 수 있을 겁니다.

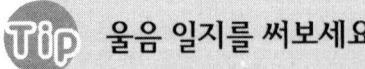 **Tip 울음 일지를 써보세요**

 0-3개월

78 죄책감을 느끼지는 마세요!

울기만 하는 아기와의 미칠 것 같은 낯선 생활. 때로는 상식적인 생각조차 더 이상 안 맞을 때도 있을 겁니다.

상식이 들어맞는다면 아기는 우유, 트림, 기저귀, 목욕, 달래기, 다시 우유, 트림, 기저귀, 같이 놀아준 다음 어느 시점에서는 만족스럽게 잠들거나 적어도 약간은 얌전해져 있어야 할 터인데…. 거참, 겨우 5킬로그램의 작은 몸집으로 언제까지나 울기만 하니 말예요. '도대체 언제나 쉴 수 있는 거야? 저 녀석은 울어대기만 하고, 어쩌란 거지?' 하고 고민하는 것도 무리가 아닐 겁니다.

이런 생각이 든다고 죄책감을 느끼지는 마세요. 아무리 좋은 엄마 아빠라 하더라도 한두 번은 더 이상 못할 것 같다는 생각을 하게 마련이니까요. 그런 생각이 드는 것이 정상입니다. 이런 감정을 아빠에게 솔직하게 이야기해 보세요. 아빠도 똑같은 생각을 가지고 있으면서 엄마에게 이야기하는 데 죄책감을 느끼고 있었을지 몰라요. 이런 대화는 엄마 아빠에게 좋은 해결 방법이 될 수 있을 겁니다. 단, 할머니 할아버지께는 말씀드리지 마세요.

 육아는 모든 엄마 아빠가 힘들어 해요

79 아기를 돌봐줄 사람을 찾으세요!

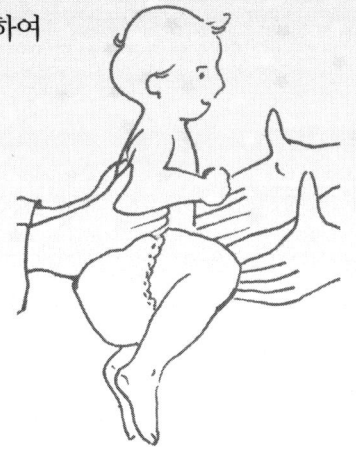

아기의 울음에 도저히 견딜 수 없을 때를 대비하여 아기를 맡아줄 다른 사람을 찾아두세요.

때로는 아기에게서 벗어나 있는 것도 좋아요. '내가 뭘 잘못한 건가?' '내가 뭘 잊어버린 거야?' 하고 자신을 꾸짖기보다 약간의 휴식 시간을 가져보세요. (그러면 엄마의 귀도 간만에 아기 울음소리에서 벗어나 쉴 수 있어요!)

아기의 언니 오빠들을 포함해서 다른 일에도 신경을 쓰고 싶을 겁니다. 아이들이 어느 정도 컸으면 아기를 돌보게 하세요. 그리고 재충전의 시간을 가지세요.

혼자서 아기를 키우고 있다면, 잠시 동안만이라도 친구나 친척을 부르세요. 아기가 힘들게 해도 도와줄 누군가가 있다는 사실에 기분이 좀 나아질 겁니다.

 친구나 친척들에게 도움을 요청하세요

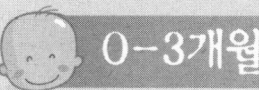

80 공공장소에서 모유 먹이기

공공장소에서 수유를 망설이는 엄마. 그러나 망설이지 마세요. 다른 사람들의 시선보다는 아기의 욕구가 우선이니까요. 수유를 할 수 있는 공간을 찾을 때까지 아기를 계속 울리면 안 됩니다.

모유 수유는 아기에게는 정말 필요한 일이며, 당연하고도 자연스럽게 그렇게 해야 함을 잊어서는 안 됩니다.

어느 유아 잡지의 조사에 따르면, 공공장소에서 모유를 수유하는 엄마들의 약 25%가 남들로부터 부정적인 말을 들은 경험이 있다고 합니다. 마찬가지로 25%의 엄마는 긍정적인 반응과 격려의 말을 들었다고 합니다.

그렇더라도 주의할 필요가 있으니까 스카프니 감쌀 수 있는 손수건을 가지고 나가세요. 아주 신생아가 아닌 경우는, 감싸주면 수유에 더 집중합니다.

 공공장소라고 해서 수유를 망설이지 마세요

81 용기를 북돋아주세요!

주먹이나 엄지손가락을 입에 넣어서 아기가 스스로 울음을 그쳤다면 손뼉을 치며 기뻐해 주고, 말을 걸어서 그 일을 계속할 수 있도록 용기를 북돋아주세요.

엄마 아빠의 이런 격려의 힘은 결코 가볍게 볼 수 없습니다. 아기는 최악의 기분일 때조차도 엄마의 목소리를 듣고 있습니다. 엄마의 목소리는 아기에게 가장 중요한 소리입니다. 아기는 소리를 통해서 엄마 아빠가 기쁘고 행복한지, 화나고 시무룩한지도 구별할 수 있습니다.

엄마는 아빠보다 훨씬 빨리 이런 경험을 할 겁니다. 아기를 가장 많이 돌보는 사람이 엄마이고, 작은 변화도 쉽게 알아채는 것도 엄마일 때가 많으니까요.

하지만 아빠도 걱정하지 마세요. 아기가 자라서 더 크면, 함께 농구를 하며 멋있게 골을 넣거나 용돈을 주는 것만으로도 그들이 영웅이 될 수 있을 겁니다.

 아기에게 힘을 불어넣어 주세요

0-3개월

82 시간 변경

부모와 자식 사이의 갈등은 꼭 아이의 사춘기에만 찾아오는 것은 아닙니다. 엄마는 아기가 낮잠을 잘 시간, 식사 시간, 저녁잠을 잘 시간 등을 일정하게 정해 놓으려 합니다. 낮잠은 하루에 두 번 몇 시 몇 시에 자고… 이런 식으로 말이죠. 하지만 아기는 생각이 다를 수 있죠. 그런가 하면 어떤 아기들은 규칙적인 환경에서 더 잘 자라기도 합니다. 빈틈없이 꽉 짜인 스케줄대로 생활하고 싶어 하고, 시간이 바뀌는 걸 좋아하지 않죠. 이런 아기들은 정해진 시간대로 하지 않으면, 짜증을 내고 울음을 터트립니다. 하지만 아기가 원하는 시간이 엄마한테 맞지 않을 수도 있습니다. 장기적으로 맞지 않으면 아기와 엄마 모두 힘들어질 수 있겠지요. 이럴 경우 아기의 생활 패턴을 바꾸는 방법이 있습니다. 새벽 1시에 젖을 먹는 버릇이 있는 아기라면, 아기의 수유 시간을 매일 조금씩 바꿔보세요. 매일 밤 5분 또는 10분씩 미리 수유를 해보세요. 아기가 깨어나지 않도록, 때로는 기저귀 가는 횟수도 줄여보세요. 자극을 최소화해야 하니까요. 수유할 때 아기에게 이야기를 해주거나 노래를 불러주는 것도 자제하세요. 그렇게 조금씩 길들여 가면 아기도 결국은 시간 변경에 적응할 겁니다.

Tip **수유 시간을 조금씩 바꿔보세요**

83 아기를 앞으로 매는 것도 좋아요!

요즘은 아기를 앞으로 맬 수 있게 만들어진 캐리어가 많아지고 있습니다. 전통적으로 뒤로 해서 아기를 업고 다니던 것과 용도는 같지만, 다만 아기를 앞으로 해서 맨다는 것만 다르죠. 앞으로 매는 캐리어가 가지는 장점들이 많으니 활용해 보세요. 장점을 살펴보면 다음과 같습니다.

★ 앞으로 매고 있으면 아기와 좀 더 친밀한 신체 접촉을 할 수 있어요. 계속 울고 있는 아기를 안고 있기에는 최적의 방법이죠.

★ 아기를 안고 있으면서도 팔로는 다른 일들을 할 수 있어요. (조금 더 큰 아이를 유모차에 싣고 간다든가, 전화 통화를 한다든가 등.)

★ 아기가 좀 더 밝은 빛과 소리, 냄새를 경험할 수 있어요.

물론 우는 아기를 앞으로 매는 캐리어에 넣었을 때 단점도 있습니다.

★ 여러 개의 끈과 구멍, 죔쇠를 가지고 있으므로, 처음 아기를 넣을 때 상당한 노력이 필요해요.

★ 아기의 울음소리가 바로 눈앞에서 들린다는 거예요.

Tip 때로는 캐리어를 앞으로 매는 방법도 좋아요

84 세제를 바꿔보세요!

아기의 피부는 매우 민감합니다. 아기가 안정되지 못하고 계속해서 부스럭대고 번잡스레 움직인다면, 피부에 닿는 옷의 감촉이 좋지 않아서일 수 있습니다. 분유나 안는 방식, 고무 젖꼭지 등을 바꿔봐도 효과가 없습니까? 그러

면 세제를 바꿔보세요. 세제를 바꾸면 미세하지만 옷감의 감촉과 향기가 바뀝니다. 아기가 덜 민감해하는 것으로 바꾸면 아기도 더 편안해지지요.

아기가 세제 때문에 운다는 것을 알 수 있는 몇 가지 징후들이 있습니다.

★ 새로 산 옷을 입혔을 때만 아기가 좋아해요.

★ 피부 트러블이 계속 생겨요. 특히, 옷감과 접촉이 많은 부위가 더 심해요.

★ 가족들이 습진이나 알레르기가 있어요.

 민감한 아기 피부에 이상이 있을 수 있어요

85 베이비시터와의 대면

아직 어린 아기를 두고 다시 직장으로 복귀해야 한다면, 주로 아기를 돌보게 될 사람에게 아기에 대해 잘 알려주는 것이 중요합니다.

수유 시간, 낮잠 자는 시간, 아기가 한없이 울 때 울음을 진정시키는 효과적인 방법 등을 꼼꼼히 알려주세요. 예를 들어 기저귀를 갈 때 늘 들려주는 노래가 있다면, 새로 아기를 돌볼 사람에게 시범을 보이고, 직접 해보도록 하세요. 새로운 사람에 대한 아기의 반응을 살펴보고, 필요하다면 새로운 전략을 세울 수 있으니까요.

앞서 말한 것들은 할머니에게도 마찬가지입니다.

> **Tip** 아기를 돌볼 사람에게 아기에 대해 알려주세요

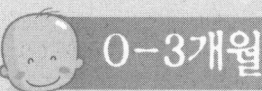

86 알코올

알코올은 당장 드러나지는 않더라도 잠재적인 위험성을 안고 있는 독소를 포함하고 있습니다. 그렇기 때문에 알코올은 아기에게 저혈당증이나 심장 발작을 유발할 수 있습니다.

절대로 아기에게 술을 주지 마세요. 할아버지나 지나치게 호탕한 삼촌이 '한 모금 줘보세요! 그러면 아기가 조용해질 걸요'라고 말할지도 모르지만, 그건 정말로 잘못된 방법입니다.

집 안에 좀 더 큰 아이들이 있다면 그 아이들도 술을 만지지 못하게 하세요. 아이들이 마시는 걸 예방하기 위해서도, 아이들이 멋모르고 아기에게 술을 주는 걸 막기 위해서 말입니다. 좀 더 안전을 기하려면 술을 다른 용기에 절대로 부어놓지 말아야 합니다. 다른 것으로 잘못 알고 먹이는 경우가 있을 수 있으니까요.

Tip 알코올은 아기에게 절대 안 돼요

87 각막 염증

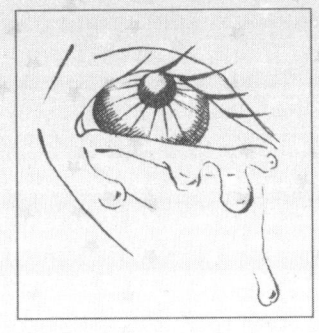

아기들은 이런저런 움직임으로 스스로 상처 입는 경우가 있습니다. 보통 아기들은 팔꿈치를 굽히고 있는 경우가 많으므로, 손가락이 얼굴 위에 있게 마련이죠. 그러므로 아기가 반사적으로 주먹을 쥐었다 폈다 할 때, 얼굴에 작은 찰과상을 남기게 됩니다. 드물긴 하지만 아기들이 이런 움직임을 통해 자기 눈을 찔러서 각막에 상처를 입히는 안타까운 일이 발생하기도 합니다. 각막은 동공을 감싸고 있는 투명 렌즈 같은 것으로, 접촉에 매우 민감한 부위입니다. 눈에서 가장 많이 노출되어 있는 부위이기도 하지요. 각막에 상처가 생겨서 아기가 우는 경우에는, 매우 격렬하고 고통스럽게 우는 것이 특징입니다. 미세하긴 하지만 각막 염증 때문임을 알 수 있는 다른 징후들도 있죠. 눈이 평소보다 조금 붉어졌다거나 눈을 제대로 뜨지 못한다거나 하는 것들이 그 징후입니다. 하지만 가장 뚜렷한 증거는 울음의 정도가 다르다는 거죠.

물론 각막 염증이 의심된다면, 의사의 치료를 받아야 합니다. 병원에서는 아주 간단한 테스트로 염증 유무를 확인할 수 있고, 치료도 비교적 간단합니다.

 눈을 제대로 뜨지 못한다면 각막의 염증 때문일 수도 있어요

0-3개월

88 어른들이 먹는 약은 절대로 안 돼요!

아기의 새벽 울음을 치료하거나 확실하게 울음을 멈추게 할 수 있는 약이란 존재하지 않습니다.

아기를 진정시키기 위해서 약을 먹여서는 안 됩니다. 만약 아기가 몸에 이상이 있거나 통증이 있어서 우는 것이라고 생각된다 해도, 의사에게 보여서 정확한 진단을 받기 전에는 약을 먹이지

마십시오. 좀 더 큰 아이가 집에 있다면, 아기에게 약을 먹이지 않도록 주의하세요. 약은 아이들의 손이 닿지 않는 곳에 보관하세요.

처방전이 필요 없는 약들이 있습니다. 이런 약들도 어른들에겐 괜찮을지 모르지만 아이들에게는 절대로 안 됩니다. 모든 약들이 아기에게 해를 끼칠 수 있는 성분을 포함하고 있으니까요.

Tip 울음을 그치게 하려고 약을 먹여서는 안 돼요

3~12 개월
Babyhood

The mother's breath is always sweet.
어머니의 숨결은 언제나 달콤하다.

3~12개월

89 비눗방울

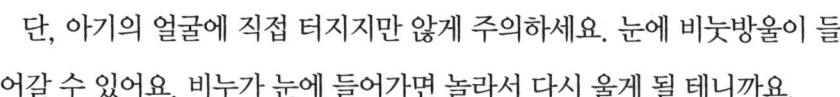

아기의 주의를 돌릴 수 있는 것이라면 울음을 그치게
도 할 수 있습니다. 비눗방울은 아기의 관심을 끌
수 있는 좋은 도구입니다. 작은 막대기에 비눗방울
을 묻혀 날려보세요.

비눗방울은 아이들에게도 인기 있는 장난감이지요.
아기도 여기저기 날아다니는 비눗방울과, 방울 표면
에 나타나는 무지갯빛을 신기해합니다. 방울이 터질
때 아기의 놀라워하는 표정을 한번 보세요.

단, 아기의 얼굴에 직접 터지지만 않게 주의하세요. 눈에 비눗방울이 들
어갈 수 있어요. 비누가 눈에 들어가면 놀라서 다시 울게 될 테니까요.

 비눗방울을 바라보며 신기해해요

90 자동차 열쇠

굳이 딸랑이가 아니더라도 딸랑거리는 건 모두 딸랑이가 될 수 있습니다.

아기가 눈과 손을 조금씩 움직일 수 있게 되면, 열쇠고리를 주고 혼자서 가지고 놀게 하세요. 물론 깨끗이 닦은 다음에요.

우는 걸 멈추고 열쇠고리에 관심을 가지게 되면, 분명 손에 쥐고 탁자에 탁탁 치거나 입에도 대보고, 던지기도 하면서 탐구하기 시작할 겁니다.

아기가 혹시 눈을 찌르지나 않을까 걱정할 수도 있지만 그럴 일은 거의 없습니다. 응급센터에서 일할 때도 그런 일로 온 아기를 본 적도 없고, 들어본 적도 없으니까요.

아기의 능력을 믿어보세요.

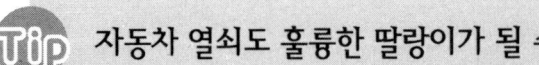
Tip 자동차 열쇠도 훌륭한 딸랑이가 될 수 있어요

91 자동차 세어보기

이 방법은 언뜻 보기엔 너무 쉬워서 아기를 달래는 방법으로 전혀 생각해 보지 않았을 수도 있어요.

아장아장 걷는 아기가, 잠에서 갑자기 깨어 기분이 안 좋은 것 같으면 창가로 데리고 가서 세상에는 무슨 일이 일어나고 있는지 보여주세요.

먼저 바깥을 보면서 깜짝 놀란 목소리로 '와! 저기 봐!' 하고 말하세요.

아파트에 살고 있다면, 아래에 있는 자동차들을 세어보세요.

아파트가 아닌 교외나 시골에서 산다면, 바람에 나뭇잎이 흔들리는 걸 보여주고, 옆집 새끼 고양이를 가리켜보세요.

벽돌 벽에 막혀 아무것도 보이지 않는다고요. 그럴 때는 사진이나 그림을 붙여두고 (형이나 누나가 그린 그림이면 더욱 좋아요.) 아기의 궁금증을 유발해 보세요.

Tip 창가에 서서 세상을 보여주세요

92 광고지

매일 많은 우편물이 집으로 배달되어 올 겁니다. 영수증 청구서, 광고지, 잡지, 편지 등. 다른 것들은 드물게 오지만 광고지는 항상 끼어 있을 겁니다. 광고지로 아기와 놀 수 있는 방법은 없을까요? 물론 보채는 아기는 엄마의 시간을 뺏고 싶어 하니까, 엄마가 우편물을 보는 걸 원하지 않을 겁니다.

이럴 때 광고지로 종이비행기를 만들어보세요. 아니면 둥글게 말아서 농구공을 만들어 놀아보세요. ('골인!', '아이고, 머리에 맞았다!' 등 큰 소리로 말하면서 던져보세요.)

종이 집도 만들어보세요. 아기가 '꽝' 하고 무너트릴 수 있게 말예요. 아기는 아주 즐거워할 겁니다. 이렇게 노는 동안, 엄마는 따로 시간을 내어 우편물을 볼 필요도 없을 것이고 아기는 재미있게 놀 수 있을 겁니다.

Tip 광고지로 종이비행기나 공을 만들어주세요

93 옮겨 눕히기

항상 엄마 품에 안겨서 잠드는 아기라면, (이렇게 습관을 들이지 않는 것이 좋지만.) 품속에서 잠자리로 옮겨 눕히기가 쉽지 않을 겁니다.

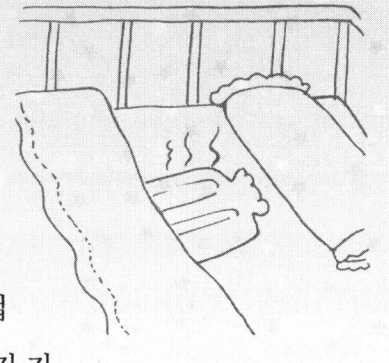

추운 겨울밤 차가운 침대 시트나 이불에 아기를 눕히게 되면, 아기는 바로 눈을 뜨게 될 겁니다. 이렇게 되면 다시 아기를 안고 잠들 때까지 기다려야 하죠.

겨울에는 아기를 눕히기 전에 전기담요나 뜨거운 물이 든 병을 몇 분 동안 침대 시트나 이불 위에 올려두세요. 시트와 이불을 너무 뜨겁지 않게 따뜻하고 편안하게 만들어서 아기를 눕힌 다음, 전기담요를 들어내세요.

어떤 이유에서인지는 몰라도 24개월이 안 된 아기들은, 공기가 차가우면 더 쉽게 잠이 들기도 합니다.

Tip **겨울에는 침대 시트나 이불을 미리 데워두세요**

94 앉아 있기

울음이 아기가 커가고 있다는 걸 보여주기도 합니다.

혼자 앉아 있을 정도로 힘과 균형이 잡히면, (대개 4개월) 혼자서 자세를 잡고 앉아보려는 데 그게 잘 안 돼서 울기도 하니까요.

그럴 때는 아기를 앉혀서 큰 베개로 뒤를 받쳐주고, 양옆에도 넘어지지 않도록 하나씩 받쳐주세요. 그런 다음 아기가 놀 수 있는 장난감을 맘껏 주세요. 아기가 입으로 물거나 빨 수 있는 것, 손에 쥐고 흔들거나 던질 수 있는 것으로 말예요.

손이 닿는 거리에 재미있는 물건들이 있으면 아기는 혼자서도 잘 놉니다. 잠깐 동안이나마 엄마가 하고 싶은 일을 할 수 있을 겁니다. 이때 아기가 갑자기 뒤로 넘어지거나 얼굴을 처박지 않도록 엄마가 가까이에서 잘 지켜봐야 합니다.

| 주의 사항 | 목구멍으로 넘어가 질식할 수 있는 너무 작은 장난감은 아기에게 주지 마세요. 그리고 큰 아이들이 그런 장난감을 주지 않는지 잘 살펴봐야 합니다.

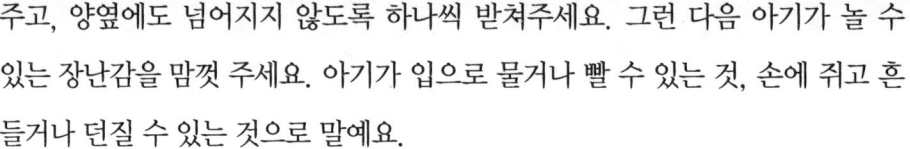

 앉아보려는 데 잘 안 돼서 울 때도 있어요

95 열 2

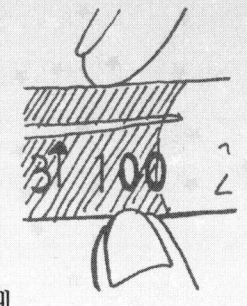

유아의 열은 신생아의 열과는 조금 다릅니다. 6~10
주 이내의 신생아들의 열은 심각한 감염증일 경우가 많
습니다. 하지만 이 시기를 지난 아기의 열은, 심각한 세
균에 의한 감염증이라기보다는 가벼운 바이러스성일
경우가 많습니다.

열이 나면, 그 원인이 될 만한 증상들도 같이 나타나게
마련입니다. 예를 들면, 콧물이나 기침이 나면 상부 호흡기관이 감염되었다는
것이고, 구토와 설사는 위장에 문제가 있다는 걸 나타냅니다.

열이 어떤 심각한 병에 의한 것인지 알아보려면, 체온이 정상으로 돌아왔을
때 아기의 상태를 살펴보세요. 괜찮아 보이면 아기에게는 별 문제가 없는 것이
지만, 열은 내렸는데도 더 심하게 울고 힘들어 하면 의사의 진찰을 받으세요.

열은 내렸는데도 아기가 힘이 하나도 없거나, 호흡이 불규칙적이거나, 오줌의
양이 줄거나, 안색이 창백해지거나, 반점이 보이거나, 유난히 아파하면 심각한
상황일 수 있으니 병원으로 바로 데리고 가세요.

 Tip **열이 나면 먼저 증상을 잘 살펴보세요**

96 젖니

젖니는 보통 6~7개월이 되면 나기 시작합니다. 아기마다 나타나는 증상은 다르지만 대개는 다음과 같은 반응을 보입니다.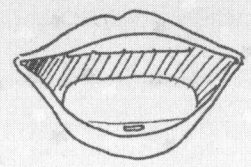

★ 과민 반응을 보이며 울어요.   ★ 침을 흘려요.

★ 물어 뜯기도 해요.   ★ 침을 많이 흘려 볼이나 턱이 트게 돼요.

★ 귀를 잡아당겨요.   ★ 아파하므로 수유가 어려워요.

잇몸을 뚫고 이가 나올 때 열이 난다는 의학적 근거는 없습니다. 아기의 체온이 38.3도 이상이면 다른 원인이 있다는 징후입니다.

다음 표는 아주 개략적인 것으로, 이가 나는 시기를 나타낸 겁니다. 단, 젖니나 영구치 모두 이가 나는 시기가 일정하지 않습니다.

■ 이가 나는 평균적인 시기

   − 앞니 : 6개월(4~12개월)   − 옆니 : 8개월(6~16개월)

   − 제1 어금니 : 12개월(10~19개월)   − 송곳니 : 18개월(13~19개월)

   − 제2 어금니 : 4개월(20~33개월)

 Tip   **이가 난다고 해서 열이 나는 건 아니에요**

97 눈에 이물질이 들어갔어요!

가끔 비누나 샴푸, 세제, 또는 식용유나 향신료와 같은 요리 재료들이 아기 눈에 튀어 들어갈 수 있습니다. 대부분의 가정용 세제는 유해하지 않도록 희석되어 있지만, 눈에 들어가면 굉장한 자극을 줄 수 있습니다.

일단 눈에 들어갔으면 물로 깨끗이 씻어내고 의사와 상담하도록 하세요.

안전하고 가장 효과적인 방법은 물로 씻어내는 겁니다. 아기를 움직이지 못하게 잡는 사람과, 물로 눈을 씻어내는 사람이 필요합니다. 이물질이 들어간 눈을 아래로 향하게 해서 아기를 잡아야 합니다. 그런 다음 미지근한 물을 한 컵 받아 (방 온도 정도 되는) 눈구석에서 눈초리 쪽으로 흘러내리게 부어주세요. 이렇게 몇 번 반복해 주세요. 아니면 물이 조금씩 흐르는 수도꼭지 밑에 아기를 잡고서 이렇게 해주세요. 물은 어떤 화학 물질이라도 잘 중화시키며, 대부분의 이물질은 물에 씻겨 내려갑니다. 이렇게 씻어주면 아기의 눈이 처음엔 빨갛게 변하지만, 차츰 울음을 그치게 될 겁니다.

Tip 먼저 물로 씻어주세요

98 낮가림

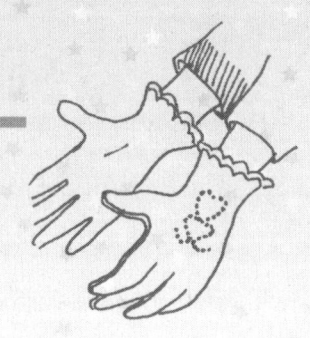

아기의 낮가림은 모든 엄마 아빠와 소아과 의사들에게는 익숙한 일일 겁니다. 생글생글 엄마에게 안겨 있던 아기가 낯선 사람을 대하자마자 돌변하지요. 아기는 엄마에게서 떨어지지 않으려고 다리를 꼭 껴서 달라붙고, 무서워 죽겠다는 표정을 짓지요. 한 발자국만 더 가까이 다가가면 그냥 울어버리지요. 낮가림은 아기의 중요한 발달 단계 중 하나입니다. 엄마 아빠가 자기에게 아주 특별한 사람이라는 걸 자각하고 있음을 나타냅니다. 그 밖의 사람들은 마치 자기를 테러할 사람으로 취급하기도 합니다. 아기는 자기의 욕구를 충족시켜 주는 사람은 엄마 아빠뿐이며, 할머니든 할아버지든 그 누구도 아니라는 걸 알아요. 할머니의 기분을 상하게 하지 않으려고 아기를 억지로 웃게 만들거나, 강제로 대인관계를 좋게 하려고 하면 안 됩니다. 이런 아기의 습성을 바꾸는 방법은 사물을 바라보는 아기의 시각이 바뀔 때까지 그냥 기다리는 거예요. 일단 낯을 가리기 시작하면, 낯선 사람에게 아기를 맡기기가 쉽지 않습니다. 가능하면 예전에 아기를 돌보았던 사람에게 맡기는 편이 좋습니다.

낮가림이 두세 달 정도에 그칠 수도 있지만, 경우에 따라서는 두 돌이 지날 때까지 이어질 때도 있습니다.

 Tip **낮가림을 하더라도 억지로 바꾸려 하지 마세요**

99 낯선 사람은 싫어요!

요란스런 숙모나 이모가 이리저리 뽀뽀를 하며 아기를 안아들면 낯가림에 상관없이 아기들은 울게 됩니다.

아줌마들에게서 나는 진한 향수 냄새나, 옷에 찌든 담배 냄새는 아기가 메스꺼워할지도 모릅니다.

아줌마들과 인사할 때 강한 냄새가 풍긴다면, 아기는 강한 냄새에 약하다고 미리 말해 두는 것도 좋은 방법입니다. 그러면 아기와 아줌마의 관계는 훨씬 좋아질 테니까요.

마찬가지로 삼촌은 사랑스런 조카를 너무 세게 껴안을 수 있습니다. 그런 삼촌이 자주 방문한다면, 아기는 삼촌이 자기를 거칠게 대한다는 걸 알아차리고 미리 울어버릴 겁니다.

 강한 냄새나 꽉 껴안는 걸 좋아하지 않아요

100 하루 종일 놀아요!

생후 6개월이 되면, 아기는 이제 놀기 시작합니다. 아기의 입장에서 한번 생각해 보세요. 우유도 듬뿍 먹었겠다, 충분히 쉬었으니 이제 엄마와 까꿍 놀이라도 하며 재미있게 놀고 싶어 할 겁니다. 그런데 엄마는 목욕탕에 있거나 전화를 받고 있을지도 모르죠. 하지만 괜찮아요. 아기는 엄마의 관심을 끄는 방법을 알고 있으니까요.

아기가 생글생글 웃고 있다고 해서 안심하고 조금 전까지 하던 일로 되돌아가지 마세요. 아기는 엄마와 놀고 싶어 하니까요! 엄마는 일의 우선순위를 다시 정해야 할 겁니다. 요리는 나중에 하고, 전화는 내일로 미루세요. 지금은 아기와만 놀아주세요.

엄마의 등에 업혀서 우는 아기도 마찬가지일 겁니다. 아기를 흔들어주는 것도 좋지만, 아기는 엄마의 얼굴을 보고 싶어 하는지도 모릅니다.

 다른 일은 조금 뒤로 미뤄두고 아기랑 놀아주세요

101 엄마가 집에 왔어요! 휴!

하루 종일 밖에서 일하다가 귀가한 엄마가 아기를 처음 본 순간, 아기가 울음을 터트리고 눈물로 뒤범벅이 되는 걸 경험한 적이 있을 겁니다.

아기를 돌본 사람은 착한 아기였다고 말할 겁니다. 낮잠도 잘 자고, 배변 색깔도 좋았다고요. 그럼 도대체 이게 어찌된 일일까요?

어찌된 일이냐면, 아기는 두 가지를 한꺼번에 노리고 있는 겁니다.

첫 번째는 엄마와 하루 종일 놀지 못했으니, 얼굴도 보지 못했던 시간만큼 자기와 놀아주길 바라는 겁니다. 두 번째는 이제 더 이상 사라지면 안 된다고, 엄마 없이는 하루도 못 견딜 거라고 말하는 겁니다. 그래서 내일은 꼭 집에 있어야 한다고 엄마에게 상기시켜 주는 건지도 모릅니다. 집에 와서는 아기에게 정성을 쏟아주세요. 하지만 너무 아기에게 미안해하면서 직업이나 경제적인 목적을 다시 한번 생각해 봐야겠다고 마음먹지는 마세요.

 직장에서 돌아와서는 아기에게 정성을 쏟아주세요

102 두려움

낯선 사람이 아기를 쳐다보는 것만으로도 아기가 놀라는 것처럼, 갑작스런 큰 소리에 놀라는 시기가 있습니다. 한때 좋아했던 진공청소기 소리도 이제 아기에게 거슬리는 소리일 수 있습니다. 아기는 소리만 나면 울기 시작할 겁니다. 음악 소리가 크거나 개가 짖는 소리도 마찬가지일 겁니다. 이런 단계는 일시적인 현상으로 시간이 가면 해결되지만, 이 시기를 잘 넘기는 것은 중요합니다.

아기를 놀라게 하는 것이 무엇인지 그 원인을 찾았다면, 처음부터 피하도록 하세요. 어쩔 수 없이 소리가 들리는 경우는 (벨 소리나 진공청소기 소리처럼.) 아기를 껴안고 엄마는 무서워하지 않는다는 걸 보여주세요. 이렇게 하면 아기는 엄마의 도움으로 울음을 그치게 되고 새로운 상황을 어떻게 받아들여야 할지 중요한 교훈을 얻게 됩니다. 이처럼 무언가를 두려워하는 것과 공포심은 다른 것입니다. 공포심은 1년 정도 지나면 생길 겁니다.

 엄마와 함께하면 두려움도 없어져요

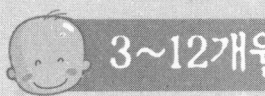
103 머리 찧기

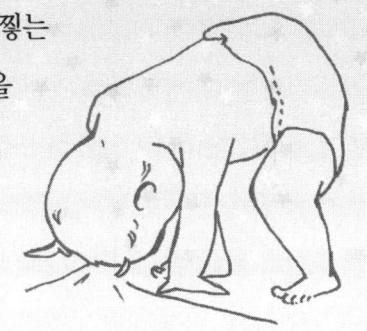

아기는 혼자서 아무 것에나 머리를 찧습니다. 찧는 것 자체만으로 울진 않지만 울면서 머리를 찧을 겁니다. 이런 이상한 행동은 생후 7개월이 지나면 다들 하는 행동으로, 아마도 여아보다는 남아에게서 많이 나타날 겁니다. 스스로 자신을 달래기 위해서 그렇게 하는 건지도 모릅니다.

앞에서도 말했듯이, 아기는 흔들어주고 일정하게 토닥여주면 좋아합니다. 이는 아기의 울음을 달래기 위해 항상 엄마가 하는 행동으로, 아기에게는 익숙해져 있습니다. 따라서 새끼 호랑이 같은 아기는 특별히 할 게 없으면 스스로 리듬에 맞춰서 흔들기도 하고, 침대 한쪽에 머리를 가볍게 치기도 하면서 기분이 좋아지는 건지도 모릅니다.

아기가 예민해져 있거나, 기분이 좋지 않거나, 사소한 불만 등의 이유로 머리를 찧으면서 우는 것도 이상한 일이 아닙니다.

침대에 머리를 찧어도 무방하도록 쿠션 등 완충 장치를 붙여주세요.

 머리를 찧으며 스스로 달래요

104 뒤집기

아기가 처음으로 스스로 몸을 뒤집었다는 것은 또 하나의 대단한 성장 단계에 이르렀다는 겁니다. 직접 보지 못했다고 해도 뒤집는 아기의 소리를 들을 수 있을 겁니다.

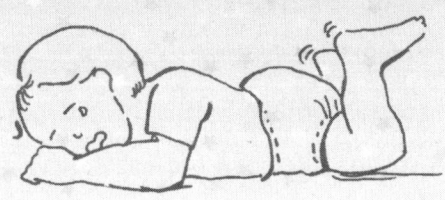

아기는 새로운 자세에 꼼짝달싹 못하고 낑낑대면서 울게 됩니다. (아기의 옷에 이렇게 써주어야 할지도 몰라요. '저 방금 뒤집었는데 일어날 수가 없어요.')

아기에게 있어 뒤집는다는 것은 엄청나게 힘든 일 중의 하나입니다. 머리 위에 있는 모빌 같은 장난감을 찾거나, 엄마의 목소리를 들었을 때만 종종 이런 일이 일어납니다.

재미있는 사실은, 최근 몇 년 동안 아기들의 뒤집는 시기가 늦어지고 있다는 겁니다.

1990년대 초반, SIDS(유아돌연사증후군)가 엎드려 자는 아기에게서 더 자주 발생한다는 연구 결과가 나왔습니다. 그 결과, 미국 소아과학회는 등을 바닥에 대고 바로 눕히거나, 적어도 옆으로 눕혀 재우라고 권고했습니다. 이렇게 해서 SIDS 건수는 줄어들었지만, 아기의 몸의 근력 발달이 늦어졌습니다. 엎드린 자세에서 뒤집는 쪽이 그 반대의 경우보다 훨씬 쉽기 때문이죠. 그래서 최근에는 뒤집는 시기가 늦은 아기가 점점 늘고 있습니다.

하지만 걱정하지 마세요. 8~9개월이 되면, 아기는 어느새 기어와서 엄마의 발밑을 맴돌고 있을 겁니다. 아마 그때가 되면 그나마 돌보기 쉬웠던 옛날을 그리워하게 될 거예요.

Tip 엎드려 재우면 근력 발달이 늦어져요

105 거울

아기가 보채며 운다면, 큰 거울 앞으로 데리고 가서 자신의 모습을 보여주세요.

깜짝 놀란 표정을 지으며 '아기는 어디 있나요? 여기 있네! 아기가 보이네요!' 하고 말해 주세요.

아기는 거울에 비친 얼굴이 자신의 얼굴인지 금세 알고는 엄마 아빠가 거울을 보는 것처럼 귀엽고 포동포동한 얼굴을 계속 바라볼 겁니다.

이렇게 몇 번 반복하면, 아기는 금세 울음을 그치고 생글생글 웃을 겁니다.

아기가 막 잠에서 깨어나 기분이 좋지 않을 때도 거울을 이용해 보세요. 거울 속에서 울고 있는 자신의 얼굴을 본 아기는, 그 슬픈 얼굴 표정에 웃어야 할지 계속 울어야 할지 몰라 할 겁니다.

 Tip 거울을 보여주면 좋아해요

106 낮잠

낮잠을 자려고 우는 울음은 다른 이유의 울음과는 다릅니다. 크지도 작지도 않게 울면서, 울음이 목 안쪽에서 나오는 듯합니다. 음식이나 장난감에도 관심이 없고, 울면서도 눈꺼풀이 아래로 내려갑니다.

신생아와 유아의 수면에 대한 연구 조사에 따르면, 3개월 된 아기는 낮에 8시간, 밤에 8시간씩 하루에 약 16시간의 수면이 필요하다고 합니다. 6개월까지는 두세 번 낮잠을 자는데, 그 시간은 4~5시간 정도로 줄어들게 됩니다.

아기를 재우는 건 쉬운 일이 아닙니다. 좀처럼 잠들지 못하는 아기는, 결국 울어 버리게 되지요. 낮잠을 재우는 비결은 밤에 재우는 방법과 비슷합니다.

★ 수유를 하거나 이야기를 들려주거나 담요를 덮어주세요. (너무 잘 아는 방법이죠?)

★ 소리나 빛을 차단해 주세요.

★ 매일 반복되는 몇 번의 낮잠 중, 한 번쯤은 자고 싶지 않을지 몰라요. 아기가 놀기를 원하면 억지로 재우려 하지 마세요.

 낮잠이 자고 싶어 울 때도 있어요

107 까꿍

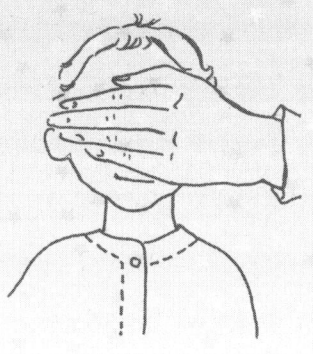

아기에게는 노는 시간이 따로 없습니다. 하루 종일 노는 거지요. 앉아 있는 것도, 발밑이나 무릎 위에 있는 장난감에도 지루해하면 아기와 얼굴을 맞대고 놀아주세요. '까꿍' 하며 아기의 눈을 가렸다가 다시 보여주는 놀이는 '물체의 영속성', 즉 물체가 시야에서 사라져도 계속 존재한다는 것을 이제 막 알아가기 시작하는 아기에게는 훌륭한 놀이입니다.

이 단계까지 오기 전에는 물체가 눈앞에서 사라지면, 실제로 그 존재가 사라진다고 생각하거든요. 이 단계에서는 엄마가 얼굴을 숨기면 주위를 두리번거리며 찾게 됩니다. 아기의 발달 단계가 한 걸음 더 진척했다는 걸 실감할 수 있을 겁니다. '까꿍' 놀이는 울고 있는 아기를 달래는 데도 탁월한 효과가 있습니다. 아기는 엄마의 얼굴에 집중하면서, 사라진 엄마의 얼굴이 다시 나타나는 것에 흥미를 가집니다. 아기는 놀이에 집중해서 '아하, 예전엔 잘 몰랐는데, 그런 거였군! 오늘은 알겠어. 별거 아니었군.' 하고 생각하며 우는 것을 잊어버릴지 모릅니다.

Tip 까꿍 놀이에 흥미를 가져요

108 유행가

아기는 음악을 좋아합니다. 특히 울 때는 음악을 듣는 걸 좋아합니다. 음악이라는 것이 재미있는 거잖아요. 예전의 팝송 중에 아기에게 들려줄 만한 노래는 어떤 것이 있을까요? 비틀스의 노래를 생각하면 감이 올 거예요.

아기는 음악의 변천사에 대해 전혀 모르지만, 특정 노래를 들으면 본능적으로 웃게 됩니다.

대부분의 유아용 노래 테이프와 CD에는 각각 장르는 다르지만, 피아노나 목관악기 반주와 함께 부드러운 고음의 (특히 여성) 목소리가 꼭 들어가 있을 겁니다.

아기가 기분이 좋을 때 이런 노래를 들려주세요. 아기가 울고 있을 때라면, 노래를 듣고 기분이 좋아질지도 모릅니다.

 유아용 음악에 질렸다면 유행가를 들려주세요

109 간식

아기는 하루 세 끼의 식사만으로 에너지를 보충할 수 없습니다. (어른들도 대개 그렇지요.) 이유식을 먹게 되면, 아기는 식사와 식사 시간 중간에 배가 고파서 울지도 모릅니다. 소량의 식사를 하루에 몇 번으로 나누어 계속 먹으려고도 합니다. 소량의 식사 두세 번을 한 번으로 묶어 정식 식사로 대체하는 것도 좋은 방법이지만, 간식에는 아기의 허기진 배를 채우는 것 외에도 여러 가지 좋은 점이 많이 있습니다.

음식을 가지고 노는 것은 또 다른 세계를 탐험하는 아기 나름의 방법 중의 하나입니다. 아기는 음식의 다양한 질감을 배우고, 손을 사용하여 입에다 음식을 넣으면서 몸의 미세한 운동을 배우게 됩니다. 8개월 된 아기가 시리얼 식품을 입으로 가져가는 걸 지켜보세요. (몸이 많이 발달해서 방구석으로 간식을 던질 수 있다는 것에 흐뭇해하며 아기는 기분이 무척 좋을 거예요.)

젖떼기가 어렵다면, 간식을 이용해서 입 활용법을 새롭게 배우게 해주세요.

 매 식사 시간 중간에 간식을 주세요

110 녹음테이프 만들기

엄마가 동시에 두 장소에 있으면서 아기를 돌볼 수 있습니다. 불가능해 보인다고요? 가능하답니다.

아기가 좋아하는 노래를 (아기가 좀 자라면 이야기를.) 직접 불러서 녹음해 두세요.

잠깐 동안 할 일이 생겨 계속 아기를 옆에서 돌볼 수 없을 때 아기를 달래는 좋은 방법이 됩니다. 하지만 아기를 재울 때는 그다지 좋은 방법은 아닐 겁니다. 아기가 엄마 아빠가 정말로 가까이에 있는지 몰라 당황해하는 상황이 생길 수도 있으니까요.

직장에서 일해야 하기 때문에 아기와 함께 놀아줄 시간이 없다고 느낀다면, 이런 테이프를 만들어 들려주는 방법을 써보세요. 근무 시간 중이라도 아기와의 유대를 계속 이어갈 수 있을 겁니다.

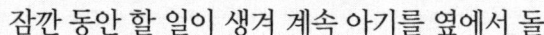

Tip **엄마의 노래를 녹음한 테이프를 들려주세요**

111 안경 잡기

왜 아기는 아빠의 안경을 벗기는 걸 좋아할까요? 왜냐하면 잡을 수 있기 때문이지요.

우리 집 큰 아이가 처음 안경을 벗겼을 때의 일입니다. 팔을 휘저으며 울고 있었는데, 갑자기 기적처럼 조금 전까지 아빠 얼굴의 한 부분이었던 그 물건을 손에 넣게 된 거예요. 아기는 울음을 뚝 멈추고 안경을 흔들었어요. 하지만 이런! 바로 안경은 바닥에 내팽개쳐졌고 다시 울기 시작했지요.

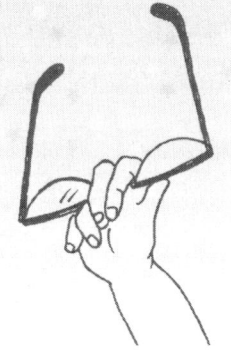

그 다음부터는 늘 손을 뻗어 안경을 잡으려 하기 시작했어요. 이제는 기회만 되면, 내 안경을 벗겨서 킬킬거리며 웃고 기뻐서 소리를 지르기도 해요.

| 주의 사항 | 긁히지 않게 아기의 손톱을 짧게 잘라주세요. 렌즈는 깨지지 않는 플라스틱 렌즈가 좋아요. 또, 안경테가 아기의 눈을 찌르지나 않는지 주의하세요.

 아빠의 안경을 벗기며 즐거워해요

112 가족 앨범

어쩔 수 없이 외부에 있을 때, (사무실에서 일하거나 밖에서 운동할 때 등.) 아기를 돌봐주는 사람에게 아기가 가장 좋아하는 사진이 들어 있는 앨범을 주도록 하세요. 아기가 구기거나 찢거나 침을 흘려도 되도록 사진을 여러 장 뽑아두는 것이 좋아요.

앨범에 엄마와 아기, 아빠와 아기, 형제들, 할머니와 할아버지를 찍은 사진이 많이 있는지 확인해 보세요.

아기가 다들 어디로 갔는지 걱정할 때, 아기를 돌봐주는 사람이 가족들에 대한 이야기를 아기에게 들려줄 수 있을 겁니다.

또, 엄마의 노래나 아빠의 이야기를 녹음해서 멀티미디어 가상현실을 체험하게 할 수도 있어요. (이렇게 해도 효과가 없으면, 아기를 돌보는 사람에게 호출하게 하거나 전화해도 된다고 알려주세요.)

Tip 엄마 아빠가 집에 없을 때는 가족 앨범을 보여주세요

113 장난감 바꿔주기

아기가 무엇을 가지고 놀아야 할지 모를 정도로 많은 장난감들을 가지고 있지 않나요? 아기가 일주일 동안 가지고 놀아도 모자랄 만큼 말예요.

아기는 아무리 많은 장난감이 있어도 대부분의 장난감에는 관심을 가지지 않습니다. 아기는 산더미처럼 쌓여 있는 장난감 중에서, 자신이 정말 갖고 싶은 단 한 가지를 찾지 못해 우는 건지도 모릅니다.

장난감이 너무 많아서 오히려 선택하지 못하는 문제의 해결법입니다. 먼저 장난감 몇 개만 빼고 (가능하면 평소 가지고 놀지 않았던 것이 더 좋겠네요.) 나머지는 창고에 가져다놓으세요. 몇 개의 장난감으로 일주일 동안 놀게 하세요. 그런 다음, 다른 장난감으로 바꿔주세요. 사용한 것은 다시 창고에 넣고, 다른 장난감을 몇 개 집어다주면 새 장난감인 것처럼 보이지요.

 한꺼번에 너무 많은 장난감을 주지 마세요

114 유아용 놀이텐트

새벽 울음 시기가 지나가면, 아기가 어떤 경우에 우는지 비교적 쉽게 예상할 수 있습니다. 낮잠에서 막 깨어났을 때나 기분이 안 좋을 때 등이 바로 그런 예지요.

신체의 움직임이 발달해서 스스로 머리를 움직일 수 있고 계속 앉아 있을 수 있을 만큼 운동신경이 발달하면, 아기의 기분을 쉽게 전환시킬 수 있습니다.

장난감과 책, 봉제 인형 등으로 가득 채운 놀이용 텐트를 만들어주세요. 아기가 장난감을 던지고, 팔을 휘젓고, 엉덩이를 달싹거리는 것도 중요한 일이므로, 아기가 편안하고 즐겁게 놀 수 있는 환경을 만들어주세요.

가끔씩은 함께 안에 들어가 아기의 세계에서 놀아보세요.

 아기만의 놀이터를 만들어주세요

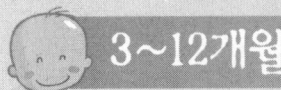

115 이 사람이 아니야!

우리 애기

이번에는 아빠와 베이비시터들을 위한 이야기입니다. 때때로 엄마가 없으면 아무리 해도 울음을 그치지 않을 때가 있습니다. 예를 들면, 낮잠에서 깨어나자마자 울기 시작해서 기저귀를 갈아주어도 울음을 그치지 않을 때가 있을 겁니다. 수유한 지 30분도 안 되었기 때문에 배가 고파서 우는 것은 확실히 아니고, 장난감을 줘도 더 크게 울기만 합니다. 아기가 엄마를 찾고 있다는 것을 아는 방법은 침실에서 거실로, 부엌으로 안고 다닐 때 여기저기 두리번거린다면 엄마를 찾는 겁니다. 엄마가 우연히 그곳에 있어서 아기를 받아 안을 때, 아기의 표정을 한번 보세요. 얼굴을 찡그리면서 한두 번 크게 울고 나서는 엄마 품속에서 울음을 그치고, 아빠를 보고 빙그레 웃을 겁니다. 거기에 속아 넘어가지 마세요. 아빠를 이용해서 엄마를 찾기 위한 속임수였어요. 아기는 울어서 결국 원하는 걸 얻어내지요. 엄마가 없을 때는, 아기가 엄마가 있을 거라고 기대하는 방으로 데려가지 마세요. 먹을 거나 장난감으로 주의를 다른 곳으로 돌리도록 하세요. 이런저런 방법으로도 안 되면 전화를 걸어 엄마의 목소리를 들려주세요.

 Tip 엄마를 찾을 때까지 울 경우가 있어요

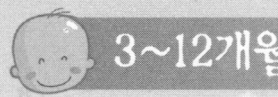

116 아기를 내려놓으세요!

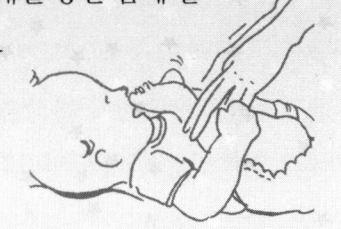

아기가 보챈다고 항상 업어주거나 하면, 생후 몇 개월 동안 몸에 붙은 습관이 그 이후도 계속됩니다. 왜냐 하면 아기는 엄마에게 업히고 싶고, 또 엄마는 아기를 달래주려고 하니까 그런 겁니다. 반사적으로 항상 이렇게 해주면 생후 6개월쯤에는 거의 매달리게 될 겁니다.

아기가 방금 우유도 먹었고, 낮잠도 잤고, 기저귀도 갈아준 상태라면 정상적으로는 별 문제가 없어야 하는데 꼭 그렇지만은 않습니다.

아기는 안아주면 좀 진정하기는 하겠지만, 정말 원하는 건 엄마와 함께 노는 겁니다. 침도 뱉고, 이런 저런 소리도 내고, 새롭게 배운 것들을 어떻게든 엄마에게 보여주고 싶어 하거든요. 그래서 엄마가 아기를 내려놓고 나서 등을 돌리면 우는 겁니다. 그럴 때는 바닥에 함께 앉아 함께 놀아보세요.

'코, 코, 코... 입' '손, 손, 손... 눈' 등의 놀이를 하며 함께 놀아주세요.

아기에게 장난감을 주고 새롭게 가지고 노는 방법을 보여주세요. 또, 팔을 이용해서 일어서게도 하고, 몸을 뒤척이게도 해보세요. 아기의 운동 발달을 촉진시켜 새로운 단계에 이르게 할 겁니다.

 아기를 업는 대신 함께 놀아주세요

117 간식에 주의

　생후 몇 개월 동안은 아기가 울 때 우유를 주는 것이 하나의 해결 방법이었습니다. 그런데 울 때마다 반사적으로 먹을 것을 주게 되면 문제가 생길 수도 있습니다.

　놀아주는 걸 과자로 대신하지 마세요. 아기가 보채며 지루해하는 것은 그냥 엄마와 잠시 동안 놀고 싶을 뿐입니다. 아기 의자에 앉혀서 간식을 좀 주면 잠시 조용해질지도 모릅니다. 하지만 이렇게 몇 달이 지나면, 아기가 왜 그리 무거워졌는지, 앞에서 간식을 주기 전에는 울음을 그치지 않는 이유가 뭔지 궁금해질 겁니다. 여기서도 우선순위의 문제가 발생합니다. 해야 할 일들이 산더미처럼 쌓여 있겠지만, 아기와 관련된 일을 제일 우선으로 하는 게 좋습니다.

　다른 반사적인 반응과 마찬가지로, 울면 먹을 것부터 주는 습관도 아기를 위해서 시작한 행동일 겁니다. 하지만 이제 아기의 욕구도 바뀌었으니 엄마의 태도도 바뀌어야 합니다.

 놀이 대신으로 간식을 주지 마세요

118 앗, 쿵!

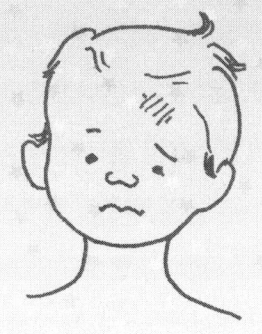

아장아장 걷기 전의 아기가 넘어져도 너무 허둥대지 마세요. 특히, 실제로 넘어지는 걸 보지 못했다면 걱정할 만한 일인지 아닌지 결정하기 전에 일단 아기의 상태를 확인해 보세요. 이유야 어쨌든 간에 아기는 울 겁니다. 아기가 놀라면 놀랄수록, (꼭 아프지는 않아도.) 아기는 심호흡을 하고 나서 울 확률이 높습니다. 우선 아기가 울면 울도록 내버려두고 '우리 아기, 넘어졌어. 쿵 했구나!' 라며 함께 호응해 주세요.

몇 분 정도 걸리겠지만 일단 진정이 되면, 몸은 괜찮은지 확인해 보세요. 혹이나 타박상, 상처가 있는지 살펴보세요. 5분이 지나도 울음을 그치지 않고, 특정 부위를 다친 것 같으면 의사의 진찰을 받으세요. 머리를 부딪쳤을 때는 잠재된 증상이 나타납니다. (계속 구토를 하거나 힘없이 울거나 과민하게 반응하면서 소리 높여 우는 등.) 심하게 다친 것 같지는 않으나 계속 울 경우는 통증을 줄이는 약을 발라주세요. (서서 넘어지거나 소파 높이에서 떨어져서 생기는 상처는 심각한 정도는 아니에요.)

 허둥대지 말고 아기의 상태부터 확인해 보세요

119 그림책

아기가 울면, 책을 읽어주는 것도 좋아요. 이르다고 생각할지 몰라도 일생에서 최고의 습관인 독서를 시작하기에 결코 이른 시기가 아닙니다.

두꺼운 종이로 된 책을 읽어주세요. 선명한 색깔로 '강아지, 발가락, 아기'와 같은 단어들이 한 장에 한 단어씩 써 있는 그림책은 셀 수 없이 많습니다.

아기들은 본능적으로 책을 손에 쥐고 입에 넣고 싶어 할 겁니다. 모든 아기들이 마찬가지죠. 그렇게 하도록 내버려두세요. 유아용 책이 두꺼운 판지로 만들어져 있는 이유가 이 때문이니까요. 아기가 그 책을 가지고 노는 데 식상해졌거나 재미가 없어져서 그만두면 새 책을 가져다주세요.

시간이 지날수록 아기는 점점 책 안에 뭐가 있는지 관심을 갖게 됩니다. 그때쯤이면 아기는 엄마 아빠의 무릎 위에 앉아서 책을 보는 것을 나름대로 즐기게 될 겁니다. 아마도 아기는 책을 읽고 있는 동안, 엄마 아빠가 생각하는 것 이상으로 많은 것을 흡수하고 있는지도 모릅니다. 이렇게 해서 언어와 이해력이 발달하게 됩니다.

 입에 넣고 물어도 괜찮을 그림책을 주세요

120 낮잠 시간 1

가능하면 아기가 선잠을 자게 하지 마세요. 15~30분 정도밖에 자지 않으면 아기는 상당히 예민해집니다. 자다 깨다를 반복하게 되면 아기의 자연스런 수면 리듬이 깨져서 아예 잠을 자지 않는 것보다 못합니다.

아기는 하루에 16시간의 수면을 취해야 하고, 대략 생후 2개월부터는 그중 대부분을 (10~12시간) 밤에 자게 됩니다. 나머지 시간은 낮에 두 번 정도 깊고 길게 낮잠을 자야 하는데, 이렇게 해야 생리적인 욕구를 충족시킬 수 있습니다. 몇 번 짧게 선잠을 자는 것보다 훨씬 좋습니다. 따라서 타이밍이 아주 중요합니다. 아기가 배가 고프거나 축축한 기저귀를 하고도 오랫동안 잘 거란 기대를 하지 마세요. 자동차 안에서 잠드는 경우가 흔한데, 자동차 안에서 집으로 옮길 때 잠이 깨지 않도록 주의하세요.

예민힌 아기리면, 잠들 것 같은 시간대에는 아예 외출을 지제하세요.

 선잠을 반복하면 예민해져요

121 경련

울던 아기가 갑자기 숨을 멈추고 경련을 일으키는 현상(breath-holding spells)은 아기를 키우면서 부모들이 겪게 되는 가장 두려운 경험일 겁니다. 이런 현상은 아기가 울 때 (주로 화가 나서 울 때.) 일어나는데, 숨을 점점 더 크고 길게 들이쉬다가 얼굴이 돌처럼 딱딱하게 굳고 결국에는 새파랗게 질립니다. 아기가 다시 정상적인 호흡을 되찾기 전에 경련을 일으킵니다. 그 모습이 마치 발작을 하는 것 같을 겁니다. 이런 아기들 중 3분의 2가 첫돌이 지나기 전에 증상을 보이기 시작합니다.

울던 아기가 갑자기 숨을 멈추고 경련을 일으키는 현상은, 일단 시작되면 인위적으로 멈추기가 어렵습니다. 따라서 처음부터 발생하지 않도록 하는 것이 유일한 대처 방법이죠. 보통 아기가 피곤하거나 지나치게 많은 자극을 받았을 때 발생하므로 아기가 이런 상태일 때는, 되도록 차분하고 조용한 환경을 만들어주는 것이 중요합니다. 아기가 지나치게 많은 자극을 받은 데다 무척 피곤해서 잠들려 할 때라면 더더욱 그렇지요. 아기가 피곤하거나 잠이 와서가 아니라 욕구 불만 때문에 그런 것이라면, 아기가 원하는 대로 해주세요. 때로는 져줄 필요도 있으니까요.

물론 이런 (좋지 않은) 방법을 써서 상황을 자기 맘대로 할 수 있다는 잘못된 습관을 심어주고 싶지는 않을 겁니다. 이는 일반적인 욕구불만에 대한 반응으로서는 매우 극단적인 행동반응이므로 특별하게 대처할 필요가 있습니다. 어떻게 대처하고 다뤄야 할지에 대해 의사와 충분히 상담하고, 거기에 따라서 하세요.

 너무 피곤하게 하거나 지나친 자극을 피하세요

 **3~12개월**

122 수유 거부

우유를 너무나 잘 먹던 아기가, 어느 날 갑자기 수유를 거부하고 울기 시작한다고요? 거기에는 몇 가지 원인이 있습니다.

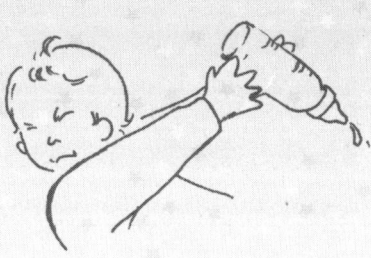

★ 이가 나는 시기일 수 있어요. 수유할 때 잇몸에 뭔가가 닿는 것이 고통스러운 거죠.

★ 엄마가 사용하는 비누나 향수를 싫어할 수도 있어요.

★ 비염이나 열, 배탈 등을 수반하는 바이러스성 질환 때문일 수 있어요.

★ 귀에 감염증이 생겼을 때도 수유 시 통증을 느끼게 돼요. 아기가 우유를 먹으려면 몸을 수평으로 해야 하는데, 이런 포즈를 취하면 귀의 염증이 고막을 눌러서 통증을 유발할 수 있어요.

★ 아기가 아직 먹을 준비가 되어 있지 않았을 수도 있어요. 만약 정확하게 정해진 스케줄대로 아기를 키우는 부모가 있다면, 아래 메시지를 되새겨 볼 필요가 있어요. 아기는 자기 스스로 식사 시간과 놀이 시간을 정해 간답니다. 엄마의 기준대로만 하지 마세요.

 엄마의 기준보다 아기의 기준에 맞춰주세요

123 숙면 유도

생후 몇 개월 동안, 새벽 울음은 배가 고프거나 기저귀를 갈아주어야 하거나 둘 중에 하나였어요. 엄마 아빠의 보살핌이 필요했던 거죠.

그 뒤로는 아기는 새벽에 깨면, 우유를 먹거나 기저귀를 가는 일에 익숙해져 가죠. 하지만 아기에게 필요한 것과 아기가 원하는 것은 확연히 다릅니다. 아기를 기르는 동안 엄마는 그 차이와 씨름하면서 살 겁니다.

모든 조건을 충족해 주었다고 생각되면, 잠들 때까지 울게 내버려두어도 괜찮아요. 아기의 기본적인 욕구를 충족시켜 주는 방법은 많아요. 하지만 가장 기본이 되는 것은 아기를 달래는 데 필요한 노력과 시간을 줄여가는 겁니다.

★ 수유 시간을 단축하세요.

★ 수유 간격을 늘이세요.

★ 수유하기 전에 잠시 기다리세요. 노래를 불러주거나 일정한 리듬으로 토닥거려주세요.

★ 차차 분유를 엷게 타주거나 대신 물을 주세요.

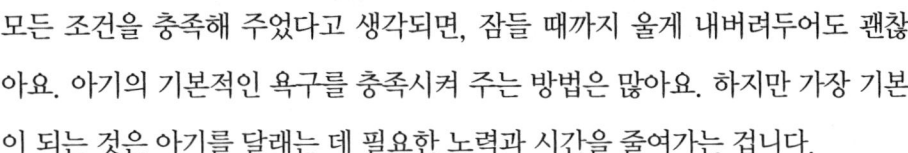

 차츰 달래는 데 드는 수고를 줄여나가세요

124 이유식 거부 1

아기의 입장에서 한번 생각해 보세요. 첫째로 아기는 몇 달 동안이나 포근한 엄마 뱃속에서 지냈는데, 춥고 낯선 환경으로 내몰렸어요. (처음엔 맘에 안 들었겠지만.) 아기는 곧 그 안에서 편안함과 규칙을 찾아냈죠. 좀 불편하긴 하지만 잠이 오면 언제나 잘 수 있고, 필요할 때면 언제든 기저귀를 갈아주고, 배고플 때면 엄마 젖이나 젖병이 기다리고 있으니까요. 아기가 그런 환경에 익숙해져 있는데, 갑자기 다른 걸 먹으라고 하면 처음엔 거부감이 생기지 않을까요?

아기가 새로운 음식을 먹자마자 바로 좋아하지는 않겠지만, 시간이 지나면 그 맛에 익숙해질 겁니다. 그 전에 그랬듯이 말이죠.

아기가 이유식에 적응하는 데 도움이 되는 몇 가지 방법들은 다음과 같습니다.

★ 배가 고플 때 먹이세요. 어른들도 배가 고프면 입에 꼭 맞지 않더라도 먹게 되잖아요. 아기도 마찬가지에요. 정말로 배가 고프면 이유식이 싫어도 먹게 될 거예요.

★ 숟가락을 아기 입 속에 너무 깊이 넣지 않도록 하세요.

★ 먹이기 전에 기저귀를 확인하세요.

 Tip 처음에는 이유식을 거부하지만 점차 익숙해질 거예요

125 이유식 거부 2

앞에서 말한 대로 했는데도 아기가 이유식을 줄 때
마다 울고 밀어내면, 또 다른 방법들을 시도해 보세요.

★ 아기가 편안하게 앉아 있는지 확인하세요.
하지만 아기를 어른의 무릎에 앉히지는
마세요. 옷에 소화가 덜된 이유식을 토해
낼 수도 있으니까요. 아기 의자에 앉히기에
너무 작으면, 카시트에 앉혀도 좋아요. 하지만 엎드려
있거나 반쯤 누운 자세에서 먹이면 안 돼요.

★ 어떤 아기는 특히, 빠는 욕구가 강해서 음식을 빨지 못하면 성질을 내기
도 해요. 이럴 경우에는 모유나 분유를 30~60ml 정도 먹인 다음, 조금씩
이유식을 먹이도록 하세요.

★ 만약의 경우를 대비해 다른 음식을 준비해 두세요. 모유나 분유를 다시
먹어야 할지도 모르니까요. 하지만 영양은 걱정하지 마세요. 아기는 이유
식과 분유 어느 쪽에서든 필요한 칼로리를 섭취할 수 있어요. 시간이 갈
수록 아기는 이유식에 점점 더 익숙해질 거고, 이유식을 통해 필요한 영
양분을 섭취하게 될 거예요.

 이유식을 먹일 때 앉아 있는 자세가 편안한지 확인해 보세요

126 일간 신문

아기에게 신문을 읽어주세요.

뉴스 진행자가 하는 것처럼 목소리를 가다듬어 헤드라인부터 읽어 내려가세요. 단어와 문구를 아기가 좋아하도록 재미있게 바꿔서 이야기하세요. 'UN 감독관들은 이라크의 살상 무기 증거를 발견했다.'를 '아기 감독관들은 기저귀에 똥을 싼 증거를 발견했다.'로 바꿔보세요.

그런 다음 바스락 소리가 나도록 크게 페이지를 넘기세요. 목소리를 낮춰 기사를 읽어보세요. '뿡뿡이 아기는 오늘, 테헤란 시만큼 큰 똥을 싸고 낮잠에서 깨어났습니다. CNN은 현지의 냄새 감지기가 냄새의 파장을 감지했다고 전해왔습니다…'

종이를 찢는 걸 좋아하는 생후 10~11개월까지의 아기에게 이렇게 해주면, 아기의 주의를 다른 곳으로 돌리는 데도 좋은 방법이 될 겁니다.

 신문 기사를 아기 버전으로 바꾸어 읽어주세요

127 트위스트 추기

아기는 원을 그리며 가볍게 돌리면서 흔들어주면 좋아합니다. 강아지가 자기 꼬리를 좇아 뱅글뱅글 도는 것과 마찬가지로 이것은 자연의 법칙이지요.

아기를 품에 안고 발끝으로 빙그르 돌아보세요. 어렸을 때 했던 것처럼 사무실용 의자나 회전의자에 앉혀놓고 빙글빙글 돌려보세요.

돌릴 수 있는 의자가 없다고요? 그렇다면 바퀴가 앞뒤로 자유롭게 움직이는 유모차를 이용하여 아기를 돌려줄 수 있을 겁니다. (천천히 부드럽게 돌려주세요.)

이때 주의해야 할 점은 아기를 벨트로 잘 묶어주어야 하고, 음식을 먹고 난 직후는 피해야 합니다. 그리고 할아버지 할머니가 옆에 계시는지 확인해 두세요. 뭐하는 짓이냐고 꾸중을 들을지도 모릅니다.

 빙글빙글 돌며 춤추는 걸 좋아해요

128 한계 정하기

생후 8~9개월이 되어 아기가 처음으로 자기 몸을 움직일 수 있다는 기쁨을 알 때쯤, 아기는 더불어 예의범절이라는 걸 경험하게 됩니다. '안 돼' 라는 말을 많이 듣게 되는 때이지요. 어떤 아기는 잘 넘어가지만, 예민한 아기는 엄마가 '안 돼' 라고 말할 때마다 울음을 터트릴 겁니다.

한계를 정하는 것은 부모가 되는 힘든 일 중의 하나로 어쩔 수가 없어요. 아기는 가스난로나 잠자고 있는 개를 만져서는 안 된다는 걸 알아야 하거든요. 엄마는 악역을 맡고 싶지 않겠지만, 아기가 위험한 장소에 가려고 할 때 가지 못하게 해야 합니다. 가능하면 부드럽게 '안 돼' 라고 말해 주세요. 아기가 더 자라면 이유를 설명해 줄 수 있지만, 아직은 부드럽고도 확실하게 한계를 정해 주는 정도가 가장 좋아요.

또, 방 하나를 아기를 위해 아주 안전하게 만들어주는 것도 좋은 방법입니다. 그러면 항상 아기의 행동을 지켜보아야 하는 부담에서 벗어날 수 있으니까요.

 '안 돼' 라고 말하며 한계를 정해 주세요

129 좋아, 좋아, 좋아, 이야!

아기가 껴안아달라고 우는 경우에는 다음과 같은 게임을 해보세요.

아기를 무릎에 앉히고 얼굴을 마주보고서, 아기의 손목을 잡으세요. 아기의 손이 엄마 볼을 만지게 한 뒤에, '좋아, 좋아, 좋아!' 라고 여러 번 말해 주세요. 이어서 아기 손을 공중에서 위로 띄우면서 '이야!' 라고 말해 주세요. 이렇게 몇 번을 반복하면서 '좋아!' 라고 말하는 횟수를 바꿔주어 아기가 놀라게 해주세요. 예를 들어, '와 넓다!' 하면서 아기의 팔을 넓게 양옆으

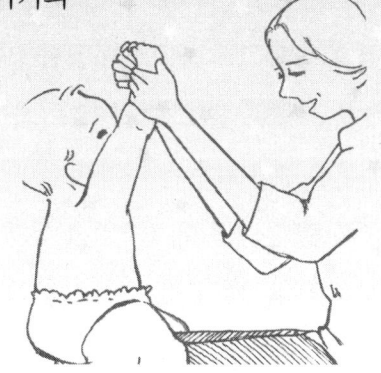

로 넓게 펼쳐주거나, '코!' 하면서 아기의 손으로 엄마 코를 가리키면서 노는 것도 좋습니다.

아빠들은 이런 게임을 하기 전에 면도를 하는 게 좋아요. 아기가 쇠처럼 딱딱한 수염을 만지고 싶어 하지 않을 테니까요.

 Tip **껴안아주는 대신 함께 놀아주세요**

130 우리 아기, 집에 있니?

아기는 보통 잠에서 깨어날 때 웁니다. 우리 집 아기도 잠에서 깨어난 뒤 한참 동안 불안정하고 불편한 행동을 보이곤 했죠. 그럴 때 아기들의 기분을 좋게 해주는 재미난 장난을 걸어주세요. 아기가 웃으면서 하루를 시작할 수 있을 겁니다.

저는 아기의 울음소리가 들리면, 문밖에 서서 큰 소리로 노크를 합니다. 그리고 문을 재빨리 열고는 '여보세요, 여보세요, 우리 아기, 집에 있나요?' 라고 말하고 재빨리 문을 닫습니다. 다시 노크를 하고 '아가 있니? 우리 아기 못 봤나요?' 라고 말합니다.

그러면 아기들은 처음엔 놀라다가 (놀라서 몇 초 동안 울던 걸 잊어버리지요.) 재빠르게 게임을 하는 분위기에 적응합니다. 게임을 다채롭게 하기 위해서 노크하고 멈추고, 다시 좀 더 큰 소리로 노크하고, 다시 멈추고, 다시 노크하고 그렇게 반복해 줍니다. 그렇게 몇 번을 하고 나면 아기는 이미 활짝 웃고 있지요.

 Tip 아기가 생각지 못한 재미있는 장난을 걸어보세요

131 잠이 안 와!

잠잘 때가 되면, 혼자 울도록 내버려둬야 하는 아기도 있습니다. 움직임이 조금씩 둔해지고, 시끄럽던 울음소리도 점점 잦아들어 나중엔 훌쩍이는 소리가 됩니다. 그러다가 결국에는 깊은 잠이 들지요. 하지만 모든 아기가 다 그런 것은 아닙니다.

아기가 잠들 수 있도록 혼자 두었는데, 오히려 울음소리가 높아진다면 아기를 침대에 혼자 두고 몰래 나가는 행동은 하지 마세요. 아기와 함께 있어 주세요. 아기의 배나 등을 가볍게 두드려주거나 부드러운 노래를 불러주세요. 날카로운 울음소리가 잦아들 때까지 등을 두드리고 작은 소리로 속삭이는 걸 계속해 주세요. 아기가 잠들기까지 오랜 시간이 걸릴 수도 있겠지요. 아기가 혼자서 잠들 수 있게 해주어야 한다는 조언과는 반대되는 것이기도 하지요. 아직 아기가 그럴 준비가 덜 되었다고 생각해 주세요.

 아기가 잠들 때까지 함께 있어 주세요

12~24 개월
Toddlerhood

Wisdom may come out of the mouths of babes.

지혜는 아기의 입에서 나올 수도 있다.

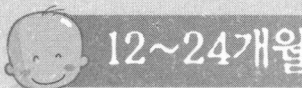
132 탐구

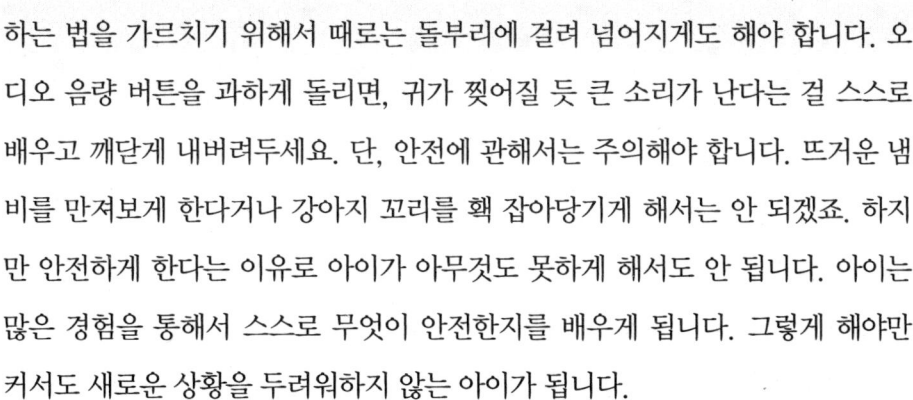

　아장아장 걷기 시작한 아이에게 때로 약간의 시련을 줘야 할 필요성도 있습니다. (아이가 울 수도 있겠지만.)

　아이들은 자기들이 속한 세계와 부모의 존재, 그리고 자신의 한계에 대해 계속해서 알아 갈 필요가 있으니까요. 걷기 시작한 아이에게 장애물을 피하는 법을 가르치기 위해서 때로는 돌부리에 걸려 넘어지게도 해야 합니다. 오디오 음량 버튼을 과하게 돌리면, 귀가 찢어질 듯 큰 소리가 난다는 걸 스스로 배우고 깨닫게 내버려두세요. 단, 안전에 관해서는 주의해야 합니다. 뜨거운 냄비를 만져보게 한다거나 강아지 꼬리를 홱 잡아당기게 해서는 안 되겠죠. 하지만 안전하게 한다는 이유로 아이가 아무것도 못하게 해서도 안 됩니다. 아이는 많은 경험을 통해서 스스로 무엇이 안전한지를 배우게 됩니다. 그렇게 해야만 커서도 새로운 상황을 두려워하지 않는 아이가 됩니다.

　넘어져서 긁히거나 다쳤을 때 아이에게 괜찮다는 신호를 보내세요. 그러면 아이도 넘어지거나 다치는 것이 별일 아니라는 걸 배우게 됩니다.

 Tip **스스로의 경험을 통해 안전을 배우게 하세요**

133 숨기

이불을 뒤집어쓰고 까꿍 놀이를 해보세요. 젖을 떼기 위해서도 좋은 놀이입니다. 아이가 자고 일어나면 먹이고, 먹이고 나면 재우는 규칙적인 일상에서 벗어나고 싶다면 한번 해보세요.

아이를 침대나 요 위에 눕혀두고 머리에 이불을 뒤집어씌워 '우리 아가가 어디 있을까? 우리 아가가 어디 있을까?' 하며 말해 보세요. 아이의 관심이 다른 곳으로 쏠려서 엄마 젖 대신 젖병을 물려도 가만히 있을 겁니다.

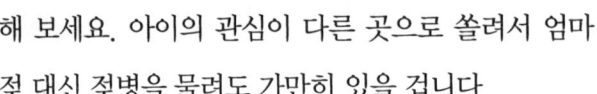

덮어씌운 이불 때문에 아이가 무서워서 울면, 놀이가 익숙해질 때까지 엄마도 같이 이불을 뒤집어쓰세요. 그런 후 아이가 이불을 뒤집어써도 울지 않으면, 노는 동안에 젖병을 쥐어주세요.

이제 막 걷기 시작한 아이뿐만 아니라 좀 더 큰 아이도 이 놀이를 아주 좋아합니다. 엄마와 아이가 함께 이불을 뒤집어쓰고 바깥세상으로부터 숨어 버리는 놀이도 해보세요.

 이불을 뒤집어쓰고 함께 놀아주세요

134 헤드폰

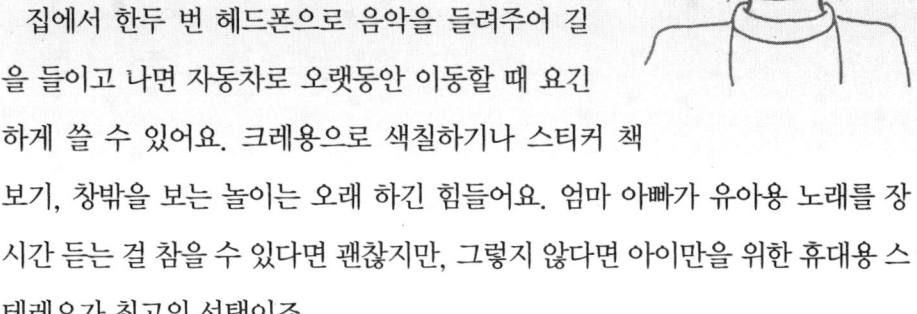

처음으로 아이에게 헤드폰을 씌워주면 굉장히 놀라워할 겁니다. 헤드폰을 씌우고 아이가 제일 좋아하는 노래 테이프나 CD를 틀어주세요. 순하고 착한 아이로 바뀔 겁니다.

집에서 한두 번 헤드폰으로 음악을 들려주어 길을 들이고 나면 자동차로 오랫동안 이동할 때 요긴하게 쓸 수 있어요. 크레용으로 색칠하기나 스티커 책 보기, 창밖을 보는 놀이는 오래 하긴 힘들어요. 엄마 아빠가 유아용 노래를 장시간 듣는 걸 참을 수 있다면 괜찮지만, 그렇지 않다면 아이만을 위한 휴대용 스테레오가 최고의 선택이죠.

특히 형이나 누나가 유아용 노래를 듣고 싶어 하지 않을 때를 대비해서 따로 카세트나 CD 플레이어를 준비하세요.

 유아용 노래를 틀어주세요

135 버스 놀이

비가 계속 내리는 날이면 하루 종일 집에 있게 됩니다. 그림도 그리고 퍼즐 맞추기도 하고 낮잠도 자고 간식도 먹고…. 할 수 있는 일을 다한 아이는 슬슬 지루해할 겁니다. 그렇다면 식탁에서 버스 놀이를 해보세요.

아침 내내 맞춘 퍼즐을 망쳐서 울고 있는 아이에게 버스 운전사를 시켜주세요. 식탁 의자를 일렬로 세우면 멋진 버스가 된답니다. '박물관으로 가요.' '영화관으로 가요.' 하고 행선지를 말하세요. 동그란 물건으로 핸들도 만들어주세요. 가는 도중, 길가에 보이는 것들을 큰 소리로 말하고, 다른 승객도 (아이가 제일 좋아하는 인형이라든가.) 태우세요. 노래도 부르고, 길이 울퉁불퉁하다고 불평도 하세요. 아이가 지루해할 틈이 없을 겁니다.

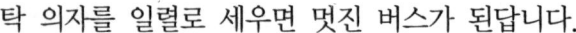

 Tip 아이가 운전사가 되고, 엄마는 승객이 되어 버스 놀이를 해보세요

136 비디오

첫 아이를 낳으면 엄마 아빠는 보통 비디오 카메라를 준비합니다. 생후 첫 몇 주 동안은 아기의 모든 순간을 찍게 되지요. 하지만 몇 달이 지나면 좀 뜸해집니다. 시간이 더 지나면 생일 파티나 휴가 같은 특정한 날에만 찍게 되지요.

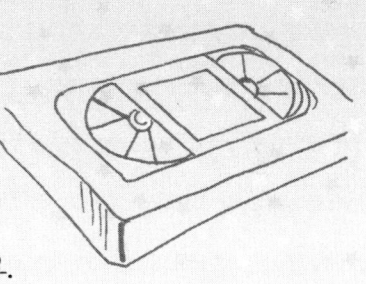

둘째가 태어날 때쯤이면 비디오카메라는 오랫동안 사용하지 않아 먼지가 수북하게 쌓여 있을 때가 많죠. 아기가 처음 걸음마를 할 때도 찍지 않거나, 찍었다 해도 비디오테이프를 어디에 두었는지 찾을 수 없지요.

셋째쯤 되면 사진이 몇 장이라도 남아 있으면 다행이다 싶을 정도가 됩니다.

하지만 아이가 성인이 되어 며느리나 사위에게 보여줄 경우까지 생각하지 않더라도, 생후 몇 주간을 찍은 비디오테이프는 유용하게 사용할 수 있습니다.

아이가 지루해하거나 징징거리면, 어렸을 때 찍어둔 비디오테이프를 보여주세요. 아이가 무언가를 달성했을 때의 기쁨을 아이와 함께 다시 떠올려보세요. 처음 기어 다니게 되었을 때의 모습, 첫 걸음마 등…. 아이는 특히 자신이 주인공이 되어 TV 화면에 나오는 걸 아주 좋아해요.

 아기 때 찍어둔 비디오를 보여주세요

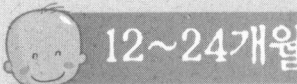

137 2라운드는 아이의 승리

엄마 아빠는 아이와 치르게 되는 수많은 전쟁에서 승자일 때가 많습니다. 하지만 가끔은 눈과 귀를 열어두고, 아이가 (울면서) 자신의 행동에 대해 충분히 항변할 수 있게 해주어야 합니다.

자기가 좋아하는 장난감을 언니나 오빠, 친구들과 나누고 싶지 않을 때도 있고, 엄마가 골라주는 옷을 입고 싶지 않을 때도 있어요.

가끔은 장난감을 친구와 같이 가지고 놀게 하거나 입을 옷을 고를 때, 아이가 스스로 결정하도록 해서 승리의 (자립!) 기쁨을 맛보게 해주세요. 하지만 선택의 자유가 안 좋은 결과를 가져올 수도 있어요. 아이가 혼란을 느껴 처음엔 울다가 나중에는 짜증을 낼 수도 있으니까요. 하루에 두세 번 정도는 뭐든지 스스로 결정하게 해주고, 나머지는 엄마가 알아서 담당하세요. 좀 더 크면 선택의 폭도 넓어질 겁니다.

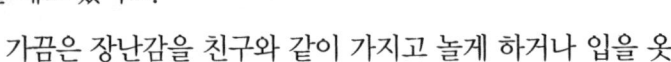

 작은 승리감을 맛보게 해주세요

138 떼쓰고 울기

짜증을 내거나 우는 것과 마찬가지로, 떼를 쓰는 것은 마음대로 안 되는 일에 대해 어떻게든지 도움을 받아내기 위한 수단입니다. 울고, 고함지르고, 짜증내는 아이는 잘 다루어도, 떼쓰는 아이는 어쩌지 못하는 엄마 아빠가 많습니다. 하지만 떼쓰는 것을 받아주면, 결국 아이가 말하는 모든 요구에 굴복하게 됩니다. 예를 들면 '비디오가 보고 싶어.' '간식이 먹고 싶어.' 등의 요구 말입니다.

엄마가 하던 일을 멈추고 자기에게 관심을 가져주길 바라는 단순한 목적 때문에 울며 떼쓰는 경우도 있습니다. 울며 떼쓰는 아이에게 엄마가 해줄 수 있는 일은 어떤 것이 있을까요?

★ 함께 놀아주세요.

★ 식사 후 시간이 좀 지났으면 간식거리를 주세요.

★ 아이가 말을 할 수 있으면 '똑바로 말하렴. 우는 소리 때문에 귀가 아파."
라고 말해 주세요.

★ 절대 울보라고 말해서는 안 돼요.

★ 보챈다고 아이에게 고함지르거나 혼내지 마세요.

왜 떼를 쓰고 우는지 그 원인을 알아내서 고칠 수 있는 계획을 세워 계속 시도해 보세요.

 아이에게 관심을 가져주세요

139 프라이버시

아이들은 엄마에게서 떨어지기 싫어서 울 때가 많습니다. 하지만 막 걷기 시작한 즈음의 아이는 혼자서 뭔가에 집중하는 모습을 보일 때가 있습니다. 그럴 때 아이는 혼자 있길 원해서 울 때가 있어요. (아이의 이런 심리와 혼자 남겨지는 것을 불안해하는 심리는 동전의 양면처럼 공존합니다.)

아이는 안전하고 스스로 통제할 수 있다고 생각하는 순간을 스스로 정하고, 자기만의 시간을 즐깁니다. 처음에는 배변이라든가 자기가 좋아하는 장난감을 가지고 논다거나 하는 정도가 고작이죠. 하지만 차츰 시간이 지나면, 다른 활동을 할 때도 혼자 있길 원할 겁니다.

신생아 때는 혼자만의 시간이 필요하지 않았습니다. 하지만 주변 환경에 적응해 감에 따라 모든 것이 바뀌기 시작했습니다. 혼자만의 시간을 갖고자 하는 것은 의존감에서 벗어나 아주 초보적인 자립 단계로 들어서는 첫 번째 과정에 속합니다. 혼자 있고 싶어서 울 때는 아이를 방해하지 말고 이해해 주세요.

 혼자만의 시간을 주세요

140 야광 스티커

밤에 아이를 재우기가 너무 힘든가요? 잠자리로 가게 하는 것만으로도 지쳐버린다고요? 자는 동안 전등을 켜놓을 테니 누워 있으라고 구슬리는 데만 몇 주가 걸렸다고요? 아이가 물을 마시고 싶다고 몇 번이나 일어나나요?

자라고 하는 말에 울면서 반항하는 아이에게는 새로운 방법을 써보세요. 바로 야광 스티커입니다. 별, 행성, 벌레, 비행기 등 원하는 모양이 다 있답니다.

이불 속으로 들어갈 때 미리 하나를 정하게 해서 그걸로 게임을 할 수도 있어요. 별에게 소원을 빌게 하거나, 마술을 부리듯 하나씩 보이게도 해보세요.

물론 야광 스티커를 쓰기 시작한 초기에는, 아이가 이 야광 스티커를 신기해하는 통에 빨리 재우지 못할 거예요. 하지만 시간이 지나면 아이를 재우는 데 탁월한 효과를 발휘하기 시작할 겁니다.

 야광 스티커를 준비하여 잠자리로 유도하세요

141 음식 불만

음식에 대한 불만 때문에 아이가 우는 경우도 많습니다. 쿠키가 부서졌거나 샌드위치가 잘라진 모양이 맘에 들지 않을 때, 아이는 갑자기 울음을 터트리게 됩니다.

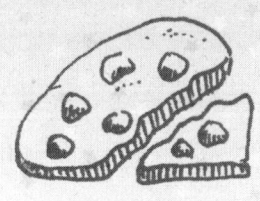

우리 아이는 주로 피곤하거나 잠이 올 때 이런 증상을 보였지요. 피곤해서가 아니라면, 아이는 주변 환경에서 뭔가 마음대로 되지 않는 것에 불만을 표출하는 것일 겁니다. 이미 부서진 쿠키나 예쁘게 잘리지 않은 샌드위치를 먹여보세요. 그렇게 하면 아이는 다음과 같은 점을 배우게 됩니다.

★ 부서진 쿠키도 멀쩡한 것과 맛이 같다.

★ 쿠키는 부서질 수 있으며, 샌드위치는 이상한 모양이 될 수도 있다.

엄마가 여유를 잃어버리면 안 됩니다. 아이가 별거 아닌 일로 소동을 피워도 동요하지 마세요. 쿠키 부스러기를 먹으면 다이어트에 좋지 않다는 잡지 기사 따위는 믿지 마세요.

 Tip 음식에 대한 욕구 불만으로 울 경우도 있어요

142 봉제 인형

아이가 가장 좋아하는 친구인 인형은 아이의 울음을 달래는 데 많은 도움을 줍니다. 아이가 좋아하는 인형으로 할 수 있는 일은 많습니다.

★ 곰 인형을 아이 근처에 앉혀놓고 '울지 마! 아가야.' (아이가 좋아하는 인형들마다 다른 소리로 말해 주면 더 좋아요.)

★ '봐! 곰돌이가 슬퍼하고 있네. 네가 울음을 그치게 해볼 수 있겠니?' 하고 곰 인형이 우는 걸 달래보게 하세요.

★ 곰 인형과 강아지 인형이 싸우는 걸 아이가 말리게 하세요.

★ 곰 인형으로 아이에게 마구 뽀뽀해 주면서 달래세요.

 인형은 아이의 좋은 친구입니다

143 길들이기

아장아장 걷는 아이가 떼를 쓰고 짜증을 내는 것은, 머리에 피가 몰렸을 때 나타나는 일시적인 흥분 현상입니다. 이것은 욕구 불만, 피로, 감정을 잘 표현할 수 없거나 주위의 사물을 잘 통제하지 못할 때 나타나게 됩니다.

신생아 때는 울음을 터트리는 것으로 어느 정도 욕구를 표출합니다. 마찬가지로 이 시기에 떼를 쓰고 짜증을 내는 것도 일종의 욕구 표출이며, 낯선 문제에 대한 아이 나름의 언어입니다.

아이는 자라면서 점점 자립심을 키워갑니다. 이런 시기에 새롭고 두려운 세계 앞에서 어떻게 대처해야 할지 모를 때 울게 되는 것이죠.

T. 베리 브라셀턴 박사는 아이가 무슨 행동을 할 때마다 어떻게 대처하고 길들일 것인가를 생각하기보다 늘 일관된 모습을 보여주는 것이 중요하다고 말합니다.

아이가 한계를 이해할 때까지 "안 돼!"라는 말을 엄청나게 많이 되풀이하게 될 겁니다. 괜찮습니다. 아이를 위해서니까요. 하지만 다음 내용들을 명심하고 실천해야 합니다.

★ 애정 표현을 억누르지 마세요. 잘한 행동이 있으면 잘했다고 말해 주세요.

★ 아이를 야단치지 말고 아이가 한 행동을 야단치세요.

★ 지나친 기대를 하지 마세요.

★ 일관성 없는 말을 하지 마세요. 매일, 매번 똑같아야 해요.

★ 몇 번을 말해도 아이가 알아듣지 못해도 놀라지 마세요.

 매번 일관되게 행동하세요

144 두통

두 살 미만의 아이가 두통을 느끼는 경우는 거의 없지만, 일단 두통이 있으면 아이들은 대개 웁니다. 두통인지 아닌지를 확인해 보는 방법은, 몸 여기저기를 만져보면서 어디가 아픈지 물어보는 겁니다.

이렇게 어린 아이가 두통을 느끼는 경우에, 그 원인은 그리 심각한 사안은 아닙니다. 대부분은 콧물, 코 막힘, 축농증이나 눈에 잘 보이지 않은 외상이 머리에 있는 경우입니다.

두통을 일으킬 정도의 심한 코 막힘 증상은 가습기를 사용하면 해결됩니다. 또, 기침약이나 감기약을 얼마간 복용하다가 갑자기 중단하면 두통으로 옮아갈 수도 있습니다.

 코 막힘 증상이 두통을 일으키기도 해요

145 퍼즐

퍼즐은 긴급한 상황에 가지고 놀기 좋은 장난감입니다.

아이가 처음으로 대하는 퍼즐은 조각마다 손잡이가 달린, 나무로 된 맞추기 퍼즐일 겁니다. 무언가를 열심히 하다가도 곧 싫증을 내고 지루해할 때, 퍼즐은 아이의 관심을 끌 수 있는 최고의 장난감입니다.

우선 아이에게 퍼즐 조각들을 다 **빼내게** 하세요. (기분이 나쁠 때는 무언가를 무너뜨리거나 부수는 것이 기분을 좋게 하지요.) 그런 다음 다시 각각의 조각들을 맞추게 하세요. 조각을 하나씩 맞추어가는 동안, 자기가 무엇 때문에 기분이 나빴는지 잊어버리게 됩니다. 두 살 정도가 되면 직소 퍼즐도 할 수 있을 겁니다. 퍼즐을 다 맞추면, 엎어서 다시 처음부터 시작하는 거예요!

 Tip **퍼즐로 아이의 관심을 끌 수 있어요**

146 그림물감

물감을 가지고 놀게 할 때는, 주변이 어지럽혀질 것을 각오하세요. 주변을 전혀 더럽히지 않으면서 물감 놀이를 할 수는 없으니까요.

장난감 가게에 가면 짜서 사용할 수 있는 튜브식이나 펜으로 된 수용성 템페라 물감(달걀노른자에 안료를 녹인 불투명한 그림물감)이 있을 겁니다.

손으로 작품을 만들어보는 겁니다. 먼저 손에 그림물감을 짜서 손바닥을 찍어보세요. 그런 다음 엄마 손바닥 자국 옆에 아이의 손바닥을 찍어보세요. 아빠가 퇴근해서 돌아오면 반겨줄 수 있는 깜짝 카드를 즉석에서 만들 수 있어요. 아니면 공룡을 그려놓고 손바닥을 찍어 넣어 손을 붙여줄 수도 있어요.

약간의 준비가 필요합니다. 맘껏 놀아도 되는 방에서 하거나 마루에 신문지를 넓게 펴놓고 해야겠지요. 엄마는 버려도 되는 옷을 입고, 아이에게도 그런 옷을 하나 입혀주세요.

 Tip 손에 그림물감을 묻혀 종이에 찍어보세요

147 엄마의 사정도 존중

자동차의 도난 방지 벨이 한번 울리기 시작하면 좀처럼 멈출 수 없는 것처럼, 아이의 짜증도 간단히 멈추지 않습니다. 가끔씩은 아예 못들은 척하는 것이 나을 때도 있지요. 몇 번이나 폈다 덮었다 했는데도 찢겨진 부분이 바로 되지 않는 책에 짜증을 내며 소란을 피우는 아이. 귀청이 떨어져나갈 정도로 큰 소리로 울고 있는 아이는 지금 엄마의 인내와 한계를 시험해 보고 있는지도 모릅니다. 이렇게 난리를 치는 걸 엄마가 그냥 무시한다면, 뚜렷한 이유 없이 그렇게 행동해서는 안 된다는 걸 깨닫게 될 겁니다. 반대로, 그렇게 짜증을 내고 징징댈 때마다 일일이 응해 주면, 아이는 누가 뭐라고 하든 더 소리를 높여 고집을 부리면 해결된다고 생각하게 되지요. 이렇게 되면 안 되겠죠.

아이가 고약하게 굴 때는, 엄마도 엄마의 일이 있으니까 자기 방에 들어가서(또는 다른 안전한 장소에서) 하라고 말하세요. 그리고 좀 진정되면 나오라고 말하세요. 짜증을 낼 때 쓰는 다른 방법처럼, 이 또한 같은 방법을 계속 반복해야 할 겁니다. 엄마와 아이의 요구를 균형 있게 일치시키기 위해서는 이 방법밖에 없다고 스스로를 납득시켜야 합니다. 이 방법을 아무렇지도 않게 생각할 때쯤이면, 이런 통제 불능의 소동을 보게 되는 일이 줄어들 겁니다.

 짜증을 낼 때마다 응해 주지 마세요

148 놀이 그룹

집에서 할 수 있는 놀이도 다 해보고, 갖고 있는 모든 장난감을 다 가지고 놀았는데도 아이가 재미없어 하면서 칭얼대면, 또래 아이들과 놀게 해보세요. 놀이 친구가 없다면 이제부터라도 찾아보세요. 두 살 미만의 아이는 다른 아이들과 사이좋게 놀지 않습니다. 같이 사이좋게 놀기보다는 각자가 좋아하는 놀이를 하지요. 하지만 대부분의 아이는 다른 아이 근처에서 놀면서 재미를 느낍니다. 이 시기의 놀이 친구는, 나중에 커서 함께 놀 때도 도움이 됩니다.

다음과 같은 몇 가지 요소가 가미된다면, 이상적인 놀이 그룹이 될 수 있습니다.

★ 사이가 좋은 5~8명 정도의 아이와 부모들로 구성하세요.

★ 시간을 정해서 집이나 공원을 번갈아가며 이용하세요.

★ 식사나 간식에 대한 규칙을 정해 두세요.

★ 장난감을 함께 가지고 놀고 번갈아가며 놀 수 있도록 아이들과 약속하세요.

★ 싸움을 할 경우, 중재 방법을 부모들 사이에서 정해 놓으세요.

아이가 처음에 놀이 그룹에 잘 끼지 못하더라도 너무 조바심 내지 말고 시간을 두고 기다려보세요. 성장 속도가 각기 달라서 적응하는 데 시간이 걸리는 아이도 있으니까요.

 또래 친구들과 놀게 하세요

149 엄마 거들기

모든 일에 시들해지고 지루해진 18개월 된 아이. 이 아이가 계속해서 징징대며 우는 것과 부엌을 어지럽히는 것 중에서 어떤 것이 더 싫은가요? 대답은 간단할 겁니다. 징징대며 우는 쪽이 훨씬 싫겠지요.

음식을 만들 때는 늘 누군가의 도움이 필요합니다. 그럴 때 아이와 함께 해보세요.

처음에 뭘 하라고 정확하게 말해 주지 않는 편이 나아요. 아이에게 냄비와 컵을 (가능하면 아이의 소꿉놀이 장난감에 있는 거라면 더 좋죠.) 주면 나름대로 요리에 온갖 정성을 다해 즐겁게 도와줄 겁니다. 심지어는 혼자서 여러 가지 작은 프로젝트를 진행하기까지 하지요. 엄마는 '어디 맛 좀 볼까?' 하면서 아이의 요리를 응원해 줄 수도 있죠.

귀가 좀 시끄러워질 수 있다는 게 문제겠지요. 냄비나 프라이팬을 떨어뜨려 쨍그랑거리거나 달그락거리는 소리는 어쩔 수가 없어요. 시간이 지나면 제법 능숙한 조수가 되어 달걀을 깨거나 반죽을 섞는 일 등은 거뜬히 도와줄 겁니다.

 아이에게도 조리 기구를 주고 엄마를 거들게 하세요

150 도서관

추운 겨울날 엄마도 아이도 집 안에만 있어서 지루함을 어떻게 해야 할지 모를 때가 있어요. 퍼즐이나 게임도 다했고, 집에 있는 비디오도 다 봤는데 밖에 나가 놀 만큼 따뜻해지려면 아직도 한 달이나 남았습니다. 아이가 우는 것도 싫고, 쇼핑몰에서 필요 없는 물건에 돈을 쓰는 것도 싫습니다.

이때의 해결 방법은 바로 도서관에 가는 겁니다.

도서관에서는 다양한 방법으로 놀 수 있고 배울 수 있습니다. 놀이 친구가 있고, 놀이 장소가 있어서 학습도 할 수 있습니다. 이 모든 것이 한 장소에 있습니다.

'도서관' 이라는 단어에서 공부만 하는 곳이란 생각이 들어서 머뭇거려진다면 한번 생각해 보세요. 아이에게 있어서 도서관은 전혀 새로운 경험이어서 아이가 계속해서 가고 싶어 할 장소일 겁니다.

 도서관도 훌륭한 놀이터가 될 수 있어요

151 먼 거리 여행

아기 때 얌전하게 여행을 잘했다고 하더라도 아장 아장 걸을 정도로 커서도 여행을 잘하리라는 보장은 없습니다.

이럴 때 대비책은 아이가 가지고 놀 장난감을 많이 가지고 가는 겁니다. 경험에 의하면 여행하는 동안 30분에 하나씩 가지고 놀 수 있게 짐을 꾸리는 것이 좋아요. 꼭 30분마다 하나의 장난감을 가지고 논다는 이야기는 아니지만, 선택의 폭을 넓혀줄 겁니다.

30분 이상 자동차로 이동하는 거리라면, 아이에게 오랫동안 가는 거라고 인식시켜 주세요. 그리고 아이가 없을 때 엄마 아빠가 목적지까지 그냥 달렸던 단순한 여행은 더 이상 생각하지 마세요. 한 시간마다 15~30분의 여유 시간을 두고 시간을 잘 쓰세요. 가끔씩 쉬면서 가세요. 자동차에서 내려 함께 놀면서 휴식을 취하세요.

 여행을 갈 때는 장난감을 많이 가져가세요

152 상황 바꾸기

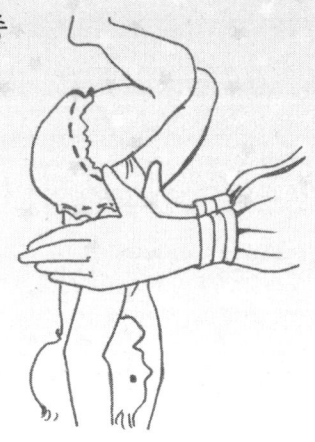

아이에게 좋은 습관을 길러주기 위한 노력은 시종일관 같아야 하지만, 그렇다고 매번 무미건조하게 행동할 필요는 없습니다. 아이가 고약하게 구는 것은 엄마와 함께 놀고 싶어서 그런 건지도 모릅니다.

어제 엄마와 함께 조심스럽게 심었던 화분을 쳐서 넘어뜨렸다면, 그것은 엄마에게 뭔가를 재촉하는 신호일 수 있습니다. 다시 엄마와 함께 나무를 심고 싶다고 말이죠.

이럴 때 이런 재미난 놀이를 한번 해보는 건 어떨까요? 아이의 허리를 잡고 거꾸로 들어올려서 '엄마의 화분을 쓰러뜨리면 안 돼! 다음에 또 그러면 널 심어 버릴 거야!' 하고 말해 보세요. (도깨비 같은 목소리로.)

아이가 재미있어서 다시 화분을 넘어뜨리고 다닐 수도 있겠지만요.

 야단치는 것도 재미있게 해보세요

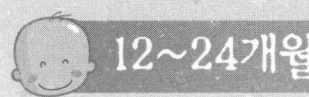

153 매달리기

한 살짜리 아이는 어느 정도 자립심을 갖기 시작하지만, 한편으로는 엄마에게 매달리고 싶어 해요. 아이를 혼자 두고 방을 나가기가 힘들 수도 있을 겁니다.

아이는 생글생글 웃으면서 아장아장 걷고, 쇼핑 카트를 밀기도 하면서 즐겁게 놀 나이가 되었습니다. 하지만 생글생글 잘 놀던 아이가 엄마가 등을 돌리자마자 울기 시작할 겁니다. 울음소리를 듣고 방으로 다시 돌아오면, 아이는 엄마를 못 본 척 무시할 겁니다.

기어 다니던 아이가 혼자서 걷는 것에 익숙해지려면 시간이 조금 걸립니다. 일단 엄마에게서 떨어져 걷게 되었을 때 정말로 엄마에게서 떨어져서 걷고 있다는, 물리적인 사실에 익숙해질 때까지 시간이 필요합니다.

긴 시간이 필요한 것은 아니지만, 아이가 놀라거나 두려워하지 않도록 아이를 안심시켜 줄 필요는 있습니다. 일이 있어 옆방에 갈 때나 다른 데로 고개를 돌릴 경우, 아이에게 집중할 만한 일을 시키세요. 청소기를 돌리게 하거나 장난감 전화기로 친구에게 전화를 걸게 한다든지 하는 일을 시키세요.

아이가 혼자서도 재미있게 보내는 시간이 많아질수록, 엄마와 떨어져 있는 상황에 잘 대처할 수 있습니다.

 혼자 있기 싫어서 울 때도 있어요

154 낮잠 시간 2

18개월 정도 지나면, 낮잠 자는 횟수가 두 번에서 한 번으로 줄어들게 됩니다. 아이에 따라 각기 수면에 대한 욕구가 다르겠지만, 보통 1일 2시간 정도 낮잠을 잘 필요가 있습니다. 아이가 오전의 낮잠을 막 끊은 상태거나 끊으려고 하는 상황이라면, 낮잠에 들거나 깨어날 때 평소보다 더 칭얼댈 겁니다.

이른 오후 시간대에 낮잠을 자는 것이 이상적입니다. 아침은 잘 놀면서 보내다가 점심을 먹고, 다시 저녁을 먹기 전까지 밥맛을 돋울 만한 충분한 활동을 할 수 있으니까요. 그렇다면 저녁에 잠자리에 드는 시간도 적절해질 겁니다.

이런 생활 리듬을 갖게 하려면 오전 10시 30분이나 11쯤부터 조용하게 놀도록 놔두세요. 그리고는 점심을 먹은 뒤, 편안하게 쉬게 하면서 낮잠을 재우면 좋아요. 아이가 자지 않으려 하면, 조용한 시간을 보내면서 쉴 수 있게 눕혀두기라도 하세요.

Tip 낮잠 시간을 조정해 주세요

155 변덕

만 두 살이 훨씬 넘은 뒤에도 아이는 어른이 상상하기 힘든 종잡을 수 없는 생각들을 합니다. 예를 들면 자신이 피터팬이라며 피터팬 옷을 입혀달라고 하죠. 이럴 때 눈사람 같이 하얀 옷을 입혀주려고 하면 걷잡을 수 없이 짜증을 내며 울음을 그치지 않게 되지요.

이런 갑작스런 변덕 중에는 비교적 들어주기 쉽고, 이해할 만한 것들도 있습니다. 이상한 나라의 엘리스가 되고 싶어 하는 남자아이보다는 피터팬이 되고 싶어 하는 여자아이가 좀 더 편한 상대지요. 여름에 땀복을 입고 싶어 하는 것이 겨울에 수영복을 입고 싶어 하는 것보다는 낫고요.

직접 경험해 봐야만 막무가내 행동의 결과를 배우는 아이도 있습니다. 아이가 수영복을 입고 눈밭을 달리고 싶어 하면, 그렇게 입혀서 내보내세요. 아이는 곧 들어올 겁니다. 그리고는 다시는 그런 변덕스런 행동을 하지 말아야겠다고 생각힐 겁니다. (물론 어른이 된 뒤에, 겨울날 얼음물 속에서 수영하는 모임에 가입할 수는 있겠지만.)

 스스로 행동해 보고 깨닫게 하세요

 12~24개월

156 무서움

낯선 상황에 무서움을 느끼는 건 자연스런 반응입니다. 어른들도 가지고 있는 반응이니까요. 하지만 아이가 느끼는 무서움은 더 쉽게 극복할 수 있습니다.

아이가 걷기 시작하면 온갖 새로운 것들이 갑자기 가까이로 다가오게 됩니다. 지금까지 알고 있던 방과 주위 세계와는 전혀 다른 세계와 마주치게 되지요.

아이가 처음으로 강아지 집을 발견하고는 갑자기 나타나서 강아지를 깜짝 놀라게 했다면 어떨까요? 강아지는 마구 짖을 겁니다. 아이는 무서워서 다시는 강아지 집 근처로 가고 싶어 하지 않을 겁니다.

그럴 때는 손을 잡고 함께 강아지 집으로 데려가세요. 아이랑 엄마가 자기 집으로 가고 있다는 걸 강아지가 알 수 있게 큰 소리로 이야기하면서 말예요. 그러면 강아지는 꼬리를 흔들거나 핥아대면서 인사할 겁니다.

그런데도 아이가 무서워하면 웃으면서 강아지에게 익숙해지도록 도와주세요. 아이도 웃게 될 겁니다. 당장은 아니더라도 이런 무서움에 맞서서 극복한 것을 뿌듯해 할 겁니다. 이런 경험은 다음에 직면하게 될 무서움을 어떻게 극복해야 할지를 가르쳐주는 유용한 학습이 됩니다.

 무서움을 극복하는 방법을 가르치세요

157 신발

신발이 꼭 맞으면 아이는 울지 않아요. 새로 산 신발이 맞지 않아 아이가 울면 신발을 바꿔주세요. 어떤 점이 발을 아프게 했는지 알아보세요. 신발을 살 때는 다음과 같은 점을 주의하세요.

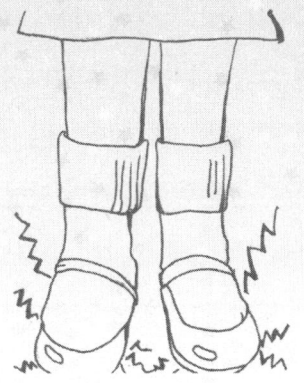

★ 징징대는 아이에게 억지로 신발을 신겨보려 하지 마세요.

★ 쇼핑은 잘 먹고, 푹 쉰 다음에 하세요.

★ 가게가 붐비지 않는 시간대에 가세요. 기다림에 지쳐 있는 아이에게 신발을 신겨볼 수 없어요.

★ 엄마가 잘 살펴보세요. 아이가 말을 안 해도, 너무 헐겁거나 꽉 끼면 사지 마세요.

Tip 신발이 헐겁거나 꽉 끼지는 않은지 잘 살펴보세요

158 밤에 자다가 깨기

정상적으로 밤에 잠을 자는 동안 얕은 수면과 깊은 수면을 반복하는데, 보통 하룻밤에 3~4번 주기로 일어납니다. 깊이 잠을 자지 않는 단계에서 깨서는, 울음으로 자기가 일어났다는 걸 알립니다.

뭔가에 놀란 것처럼 크게 울어대면 처음에는 무슨 일인지 살펴봐야 합니다. 하지만 이런 일이 계속되면 자다가 깨는 것이 버릇이 되지 않도록 주의하세요.

원래 잠을 잘 자고, 별 탈 없이 쉽게 잠드는 아이라면 문제가 안 되지요.

그러나 그렇지 않은 아이라면 낮잠을 재울 때나 밤에 재울 때 같은 방법을 씁니다. 즉 깨어나도 재미있는 일이 없다는 걸 인식시키는 겁니다. 먹을 것도 없고, 놀이도 없다는 걸 계속 인식시켜 주세요.

 자다가 일어나도 재미있는 일이 없다는 걸 인식시키세요

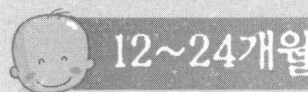

159 야경증

12~24개월 사이의 아이는 밤에 뭔가에 놀라 경기를 일으키는 야경증(夜驚症)이 일어날 수 있습니다. 악몽과는 전혀 다른 현상입니다. 아이는 소리를 지르며 울면서 버둥거리게 됩니다. 앉기도 하고 걷기도 하고 무어라 말을 하기도 합니다. 대개는 잠든 후 2~3시간쯤에 일어나는데, 아이는 계속 잠에 취해 있습니다. 다음 날 어떤 행동을 했는지 전혀 기억을 못할 겁니다.

악몽을 꿨을 때는 야경증보다 심하지 않고, 여느 때처럼 울거나 무언가를 두려워합니다. 악몽 때문에 깨기도 하고 희미하게나마 기억도 한답니다. 보통 밤이 끝나가거나 이른 아침에 꾸게 됩니다.

야경증일 때는 아이가 깨지는 않아서 엄마가 일어나지 않아도 됩니다. 아무래도 걱정이 된다면 의사와 상담해 보는 것도 좋습니다.

 Tip 야경증은 악몽과는 다른 현상이에요

160 젖병 떼기

젖병을 떼기 싫어하는 아이들도 많습니다. 아이는 젖병을 좋아하고, 젖병은 아이의 친구와도 같답니다.

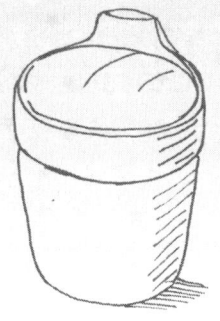

젖병을 떼고 새로운 것에 익숙해지는 데는 적응 시기가 좀 필요합니다. 먼저 엄마가 아이의 태도를 이해해야 합니다. 밤에 자기 전에 먹었던 그 마지막 젖병에 집착한다면, 그것만 하나 남겨두세요. 밥이나 간식을 줄 때, 또는 아이가 모든 것에 만족스러워할 때 컵을 줘보세요. 훌쩍훌쩍 우는 한 살짜리 녀석에게 소중한 것을 포기하라며 문제를 일으킬 필요는 없습니다.

다음 단계는, 과즙을 젖병에 넣어 마시는 걸 좋아하는 아이에게는 선택을 하게 하세요. 컵으로 과즙을 마시든지 젖병에 물을 넣어 마시든지 아이가 알아서 고르게 하세요.

젖병으로 먹는 횟수가 하루에 한 번 정도로 줄었다 싶으면, 시간을 두고 천천히 진행하세요. 단, 그 한 번 외에는 젖병을 사용하지 않도록 주의하세요. 그리고 일주일쯤 후에 젖병 없이 새로운 느낌으로 편안하게 잠들게 하세요.

 젖병을 사용하는 횟수를 줄여나가세요

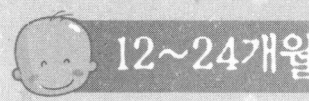 12~24개월

161 난 여기 있을 거야!

가족끼리 다 같이 식사하려고 아이를 아기 의자에 앉히자마자 가만있지 못하고 짜증을 내며 울기가 일쑤죠. 왜 그럴까요?

아이는 자기 컵의 (또는 젖병) 모양과 색깔을 아는 것처럼, 앞에 놓인 음식이 얼마나 자기 뱃속으로 들어갈지를 정확히 알고 있습니다.

아이는 엄마의 뜻대로 식사를 해주지 않을 겁니다. 아기 때의 왕성한 식욕을 생각하고, 엄마가 늘 아이의 식욕을 잘 알고 충족시켜 주었다고 생각할 수 있습니다. 하지만 그렇지 않습니다. 그때나 지금이나 엄마는 아이의 식욕을 다 알고 조절하지는 못합니다. 아이는 예전처럼 그렇게 많이 먹지 않습니다. 게다가 싫어하고 좋아하는 음식을 가리기 시작합니다. 따라서 엄마는 아이가 꼭 먹을 거라는 기대를 버리고 전략을 바꿔야 합니다.

재미있는 놀이를 하거나 신기한 물건들을 보여주며 식탁 앞에 붙잡아두면 한두 숟가락 정도는 먹일 수 있을 겁니다. 하지만 배가 가득 찬 것 같으면 그만 먹이세요. 아무것도 안 먹는다고 불평한다고 해서 아이의 위가 커지는 것도 아니고, 식탁에 붙잡아두어도 울기만 할 뿐일 겁니다.

걱정하지 마세요. 어른들이 늘 말하듯, 아이는 배가 고프면 먹게 된답니다!

 억지로 먹이지 마세요

162 고함지르기

고함지르는 것은 우는 것과는 다른 종류입니다. 소리를 고래고래 지르는 것이 어쩜 더 나쁘지요. 소리 지르는 아이를 대할 때 필요한 몇 가지 팁이 있습니다.

★ 속삭이듯 말하세요. 엄마의 목소리를 들으려면 자기 목소리를 낮출 수밖에 없을 거예요.

★ 소리 지를 수 있는 특정한 시간을 주세요. 시간을 정해 두고 미리 멈춘다면 상을 주세요. 단, 반드시 기진맥진해서 (엄마가 견딜 수 있다면.) 스스로 그만할 때까지 충분한 시간을 주세요. 몇 번을 계속하면 고함지르기 놀이에 질릴 겁니다.

★ 동물 울음소리를 내는 놀이를 시켜보세요. 웃음을 터트리며 좀 더 조용한 놀이를 할지도 몰라요.

★ 아이에게 오히려 큰 소리로 고함지르지 마세요. (언젠가는 등 뒤에서 '시끄러워!' 라는 말을 듣고 싶지 않다면 말예요.)

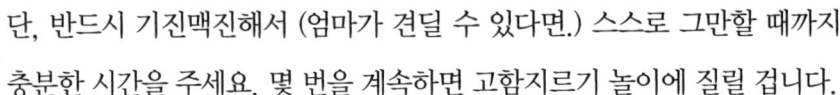

 Tip 고함지르는 아이에게는 속삭이듯 말해 주세요

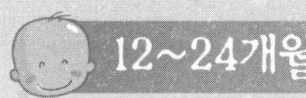

12~24개월

163 떨어지기 싫어!

아이가 생후 1년이 될 때쯤 중요한 전환점을 맞게 됩니다. 모든 아이가 그렇듯이 걸을 수 있고, (아무리 늦은 아이라도 기기까지는 할 거예요.) 한두 마디 말을 할 줄 알 겁니다. 이제 한 인간으로서 삶을 시작할 준비를 합니다.

이 시기는 아주 중요하고도 놀라운 시기가 될 겁니다. 엄마 아빠가 외출해 버리는 것보다 더 공포심을 일으키는 것은 없습니다. 한 인간이 될 준비는 되어 있을지언정 엄마가 없으면 안 됩니다.

엄마가 문밖으로 나갈 때 보게 되는 발작적인 증상은 마음을 동요시키지만, 사실 울음소리가 들리지 않을 정도로 멀리 가버린 뒤에는 언제 그랬냐는 듯이 잠잠해집니다. 엄마의 마음을 바꾸어 좀 더 오랫동안 옆에 두려고 그렇게 하는 겁니다. 엄마와 베이비시터, 아이가 함께 있는 시간을 가지고 나서 외출하면, 아이가 변화에 적응하기가 훨씬 쉬워질 겁니다. 아이가 베이비시터와 잘 논다면 엄마가 한결 가벼운 마음으로 집을 나설 수 있으니까요. (아이 몰래 살짝 집을 빠져나가는 행동은 이제 그만하세요.)

Tip 엄마를 좀 더 옆에 두려고 울어요

164 표현 능력

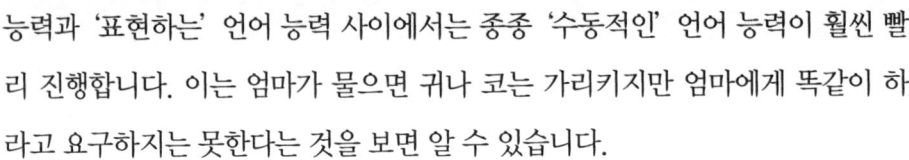

울거나 우는 소리를 내는 것은 엄마에겐 항상 곤혹스런 행동이지만, 아이로서는 부족한 표현 능력을 극복하기 위한 작전이기도 합니다. 수동적인 능력, 즉 말과 문장을 이해하는 능력이 있다는 것은 한두 가지 뭔가를 말해 보면 알 수 있습니다. ('장난감을 정리하세요.' '곰인형을 그만 차고 이쪽으로 오세요.') 하지만 '수동적인' 언어 능력과 '표현하는' 언어 능력 사이에서는 종종 '수동적인' 언어 능력이 훨씬 빨리 진행합니다. 이는 엄마가 물으면 귀나 코는 가리키지만 엄마에게 똑같이 하라고 요구하지는 못한다는 것을 보면 알 수 있습니다.

이해하는 능력과 표현하는 능력이 평행선을 달려도 언어 발달이 늦어지는 건 아닙니다. 단, 18개월까지 한 마디도 못한다면 의사와 상담하세요.

자기 의사를 말 대신 징징대거나 울면서 표현한다면, 말을 하게끔 유도해 보세요. 예를 들어 빵과 당근 중에서 어느 쪽이 좋은지 물어봅니다. 손가락으로 가리켜 대답하는 것을 받아들이지 마세요. 말로 대답하면 선택한 음식물을 주고 칭찬을 많이 해주세요.

 말로 표현하게끔 유도하세요

12~24개월

165 크레용

이제 낙서할 시간입니다.

심심해서 징징대는 아이에게 처음으로 종이와 크레용을 주면 아주 좋아합니다. 종이 가득 구불구불한 선을 수백 번이나 그릴 수 있다는 걸 알 겁니다.

그래도 아이에게 눈을 떼지 말고 잘 지켜보세요. 잠깐 한눈을 팔면 식탁이고, 벽이며 가구들이 머지 않아 낙서투성이가 될 테니까요. 그때 가서 후회해도 소용없어요.

이때 이젤을 사주면 좋아요. 아이에게 주는 첫 번째 생일 선물로는 딱 좋지요. 특히 한쪽은 쓸 수 있는 흑판이 있고, 다른 쪽에는 종이가 붙어 있는 것이면 더 근사하지요.

| 주의 사항 | 눈을 찌를 수 있는 연필이나 펜 같이 날카롭고 뾰족한 것은 아직 주지 마세요

Tip 낙서도 훌륭한 학습이에요

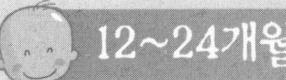

166 춤추기

아이가 심심해서 우는 것이라면, 저절로 춤이 나오는 댄스 음악을 틀어놓고 아이를 안고 춤춰보세요. 되도록 아이를 많이 흔들어주되 살살 흔들어주고, 아래로 쑥 내렸다가 올려주기도 하세요. 음악을 조금 크게 틀어놓으면 엄마가 노래를 따라 부를 때 음치라는 걸 아이가 알아차리지 못할 겁니다.

나는 같은 노래를 하루에 8번, 3~4개월 계속해서 불렀습니다.

록, 레게, 힙합, 랩, 컨트리, 트로트 등 장르에 상관없이 할 수 있어요.

 Tip 아이를 안고 음악에 맞춰 춤춰보세요

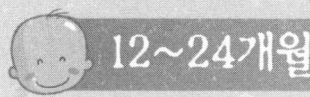

167 기저귀 전쟁

12개월 전에는 그러지 않았는데, 기저귀를 갈 때 울고 불며 몸부림치고 떼쓰는 것이 일상이 되지 않았나요?

이것은 아이가 자라면서 거치게 되는 하나의 통과 의례 같은 것이지만, 거부하는 데는 분명한 이유가 있을 때도 있습니다. 기저귀를 가는 것이 싫을 정도로 발진이 생기지는 않았는지, 변이 돌처럼 딱딱하지는 않은지 살펴보세요. 이럴 경우에는 치료를 해주거나 음식을 바꿔주세요. 하지만 기저귀가, 아이가 독립심을 키우려는 싸움의 한 가지라면 다음과 같은 작전을 써보세요.

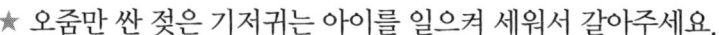

★ 오줌만 싼 젖은 기저귀는 아이를 일으켜 세워서 갈아주세요.

★ 아이가 기저귀 테이프를 스스로 떼거나 붙이게 하세요.

★ 어떤 기저귀가 좋은지 스스로 선택하게 하세요. 꼭 다른 것일 필요는 없고 똑 같은 기저귀가 있는 묶음에서 고르게 하는 것만으로도 아이는, 자기가 스스로 했다는 기분이 들 겁니다.

★ 타이머를 맞춰놓고 벨이 울릴 때 기저귀를 갈아준다고 해보세요.

 스스로 할 수 있는 부분은 맡기세요

168 반대 심리 이용하기

반대 심리란 들은 것과는 정반대로 하고 싶어지는 그런 반응입니다. 이 반대 심리는 조용히 앉아서 밥을 먹거나 책임감 같은 중요한 개념을 배우는 발달 단계에서 오히려 유용하게 쓰일 수도 있습니다.

저녁 식사 시간에 20개월이 된 녀석이 닭고기 튀김을 안 먹으려 하면, 오히려 먹지 말라고 하면 먹는답니다.

'이 닭고기 튀김은 엄마 거니까. 한 입이라도 먹으면 안 돼.' 하고 아이의 코 앞에서 한 숟가락 들고 있으세요. 그러면 신기하게도 울던 아이가 슬그머니 웃으며 그걸 다 먹어버릴 겁니다. 그 다음이 더 중요합니다.

'아니, 누가 엄마의 닭고기를 먹었는지 너 봤니? 누가 먹었는지 찾아보자. 아! 이렇게 하면 되겠네. 또 먹을 수 있게 미끼로 닭고기를 조금 놓아둬 볼까? 도둑이 오면 엄마한테 말해 줘.'

포크가 움직이기 시작하고 닭고기는 조금씩 없어질 겁니다.

 음식을 거부할 때는 반대 심리를 이용해 보세요

169 역할 교대

장난감을 가지고 놀다가 자기 마음대로 되지 않아서 울 때는, 말 그대로 한번 아이의 입장이 되어 보세요.

엄마가 징징대는 아이가 되고, 남자 아이가 아빠가 되는 겁니다. 아이는 엄마의 울음을 그치게 하는 것이 쉬운 일이 아니라는 걸 배우게 될 겁니다. 엄마는 아이를 달랠 때 항상 했던 말들과 (별로 효과가 없었다고 생각했던 말들.) 똑같은 말을 아이가 하는 걸 보고 놀랄 겁니다.

우리 아이들은 종종 내 안경을 벗겨내서 쓰곤 했습니다. 이건 놀이의 하나로 시작했지만, 역할 바꾸기 놀이를 일단 알게 되면서 유용한 수단이 되었지요. 아이가 기억하고 있는 말을 듣게 되면, (그리고 똑같이 당신에게 말한다면.) 지금까지 했던 말들을 좀 더 부드럽게 하고, 좋은 말로 바꿔야겠다는 생각이 들 겁니다.

 서로의 입장을 바꿔 생각해 보세요

170 특별한 물건

아이의 머릿속에 사물이 개념화되는 순간이 언제인지 정확히 알 수 없는 것처럼, 이불이나 장난감처럼 아이가 특별히 좋아하는 물건이 언제부터 생기는지는 알기 어렵습니다. 특별한 물건이란, 아이와 상당히 돈독한 유대감을 가지고 있어서 떨어지는 것을 마치 손발을 잃는 것보다도 아파하는 물건을 말합니다.

이런 것들을 '이행기(移行期)의 사물' 이라 하는데, 이런 물건들이 부모에게 의존적인 아이에서 독립적인 아이로 변화하도록 도와주기 때문입니다. 도움의 비결은 이 물건들이 아이에게 안도감을 준다는 겁니다.

아이는 엄마에 대한 의존에서 벗어나려고 합니다. 아기 때 엄마에게서 떨어지기 싫어하는 것처럼, 이번에는 엄마를 대체하는 사물에게서 떨어지려 하지 않는 것입니다. 예전에는 귀여운 선물이었지만, 지금은 더럽고 너덜너덜하고 냄새나는 담요가 엄마를 대신해 안도감을 주고 있으니까요.

 Tip 엄마에 대한 의존에서 사물에 대한 의존으로 옮겨가요

171 반창고

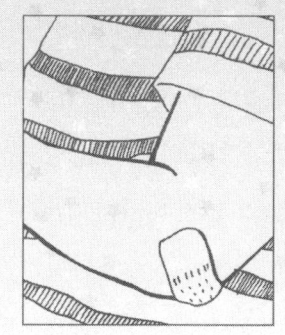

　쓰라린 상처를 치료하는 데 반창고의 효과를 과소평가하지 마세요. 오후 내내 뛰고, 던지고, 쇳소리를 내며 노는 아이. 그러다 보면 잘못 떨어지기도 하고, 발을 헛디디기도 하고 장난감에 걸려 넘어지기도 하는 갖가지 사고가 일어납니다. 엄마가 아무리 주의를 기울여도 다 막을 순 없죠.

　꼭 베거나 긁히지 않아도 컬러풀한 반창고는 의학적인 의미와 관계없이 통증을 가라앉혀 준답니다.

　반창고를 떼어낼 때의 반응이 무서워서 사용할까 말까 주저하지 마세요. 약간의 바셀린을 반창고 위에 발라서 스며들도록 몇 분 기다린 후 떼어내세요. 그러면 그 부위에 촉촉이 스며들어 통증 없이 잘 떨어질 겁니다.

 Tip 반창고의 효능은 상처와 상관없이 잘 들어요

172 아이의 입장

아이가 떼쓰는 것이 정말로 이해하기 힘들 때, 아이는 어떤 기분일지 생각해 보셨나요? 아이의 입장이 한번 되어 보세요.

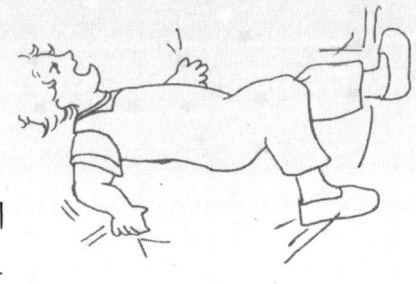

아이는 어려운 상황에서 수많은 복잡한 감정을 가집니다. 그런 감정은 매 시간마다 생겨납니다. 컵을 던지거나, 벽에 낙서를 한다거나, 동생에게 소리를 지르는 것처럼 특이한 행동을 하면, 엄마가 와서 '가만히 좀 있어.' 라고 말합니다. ('몇 번이나 말해야 알겠어.' 라고도 말합니다.) 아이는 그 말을 들으면서 여러 가지 이야기를 하고 싶은데 못하고 있을 겁니다. 어떤 이야기냐고요?

★ 언제 조용히 해야 하는지 모르겠어요.

★ 그냥 한번 실험해 봤을 뿐인데…. 하지만 엄마는 내가 실험하는 걸 좋아 하지 않아!

★ 모처럼 재미있었는데…. 게다가 누구한테도 해를 입히지 않았는데….

★ 왜 아이는 늘 엄마가 하는 말만 들어야 해요?

아이가 말을 할 수 있다면 이런 불평을 늘어놓을 겁니다. 이런 점을 잊지 마세요.

아이가 자신의 의사를 말로 표현할 때까지 엄마 아빠로서 할 수 있는 일은, 현재의 상황을 말로 설명해 주는 겁니다.

T. 베리 브라셀턴 박사는 우는 것이 아기의 최초의 언어라고 말합니다. 그렇다면 아장아장 걷는 아이의 떼쓰기도 언어로 받아들일 수 있지 않을까요?

 아이의 입장도 한번 생각해 보세요

173 유모차 전쟁

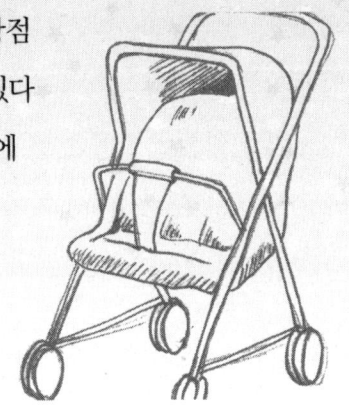

가볍게 접어서 들고 다닐 수 있는 유모차의 장점 중 하나는 여기저기 비교적 빠르게 이동할 수 있다는 점입니다. 하지만 유모차의 이런 장점은 아이에게는 관심이 없는 부분이죠. 아이는 빠르고 효율적으로 장소 이동을 하는 데 전혀 흥미가 없으니까요. 아이를 유모차에 태우려는 실랑이는 다음 가게를 가기 위한 것이면서, 실제로는 유모차에 앉혀야 하는지 말아야 하는지를 결정하는 심리적인 전쟁이기도 합니다.

일단 아이에게 양보하세요. 시간을 갖고 생각해 보세요. 한 번의 외출에서 해야 할 일을 줄이고, 아이가 걷는다면 유모차를 스스로 밀게 하세요. 오르막길이거나 날씨가 더운 날이면 곧 지쳐버릴 겁니다.

아이와의 시합에서 유리한 입장에 서서 여유를 좀 더 즐기고 싶다면, 쇼핑백을 유모차에 올려놓고 쇼핑한 물건을 실제로 밀고 있다는 기분을 느끼게 해주세요.

 아이는 유모차를 타고 빨리 이동하는 데는 관심이 없어요

174 아이가 좋아하는 담요 세탁하기

아이가 애착을 갖게 된 물건이 무엇이든 간에, 아이는 정말로 그 물건에 집착할 겁니다. 아이가 깨어 있는 동안에는 말예요. 아이가 좋아하는 담요가 너무 더럽다고요? 그렇다고 아이가 담요를 깨끗이 씻도록 순순히 내줄 거라고 기대하지 마세요. 초콜릿 중독자가 초콜릿 가게를 그냥 못 지나가는 것보다 아이의 담요에 대한 집착이 더 강할 겁니다. 그렇다고 단념할 필요도 없습니다. 아이가 고치 속에 있는 나비처럼 좋아하는 이불을 휘감고 잠이 들었다고 해도 괜찮습니다.

자고 있는 동안 살며시 들어내서 세탁기에 집어넣으세요. 더러운 담요보다 더 참을 수 없는 것은 어디를 가든 그 담요를 질질 끌고 다니는 아이입니다. 자는 동안에 담요를 씻을 거라고 미리 알려준다면, 아침에 일어나서 담요가 없더라도 큰 소동을 피우지 않을 겁니다. 담요에서 풍기는 좋은 냄새에 익숙해지면 나중엔 자기가 빨아달라고 할 겁니다. 그러는 사이 일어나 있을 때도 빨 수 있게 내어줄 겁니다.

 아이가 자는 동안에 세탁하세요

175 전화

재택근무를 하거나 사회 활동, 봉사 활동, 동호회 활동 등의 일을 한다면, 전화하는 데 많은 시간을 보낼 겁니다. 아이로서는 그것이 마음에 안 들지도 모릅니다. 전화벨이 울리면, 그때를 위해 비축해 둔 에너지를 한꺼번에 폭발시켜 엄마는 아이를 다른 방으로 데려가야 할지도 모릅니다.

엄마의 일을 계속 하길 원한다면, 엄마와 아이의 요구 사이의 균형을 잘 맞춰야 합니다.

★ 놀이 시간에 전화가 걸려오면 짧게 통화하세요.

★ 아이에게 뭔가 할 것을 주세요. 아이에게 전화가 길어질 거라고 미리 알려주세요.

★ 필요한 전화만 받을 수 있게 자동 응답기를 켜놓으세요. 그러면 꼭 기다리는 전화만 받으면서 계속 전화하지 않아도 되니까요.

★ 방해받지 않고 끝내야 하는 일이 있다면, 친구 집에 아이를 맡기거나 베이비시터를 부르세요.

Tip 긴 통화를 할 때는 아이에게 미리 말해 주세요

176 TV

출판 관계자는 이 내용을 책에다 쓰지 말라고 했지만, 엄마가 정말 피곤하거나, 아이가 이미 하루 종일 친구와 놀고 낮잠도 잤다면 30분 정도 비디오를 틀어주는 것도 나쁘지 않아요.

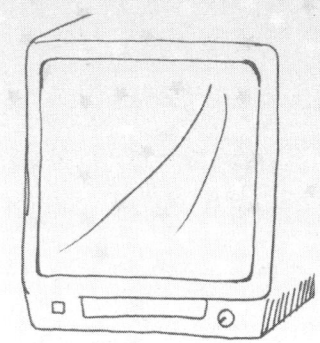

중요한 것은 30분 안에 끄는 겁니다. 그 시간쯤이면 엄마의 에너지도 충전되었을 겁니다.

연구에 따르면, TV를 보는 문제는 질이 아니라 양에 있다고 합니다. 믿든 안 믿든, 30분 정도 만화 영화를 보는 것이 3시간 동안 교육방송을 보는 것보다 낫다고 합니다.

Tip 하루 30분 정도는 TV나 비디오를 보여줘도 돼요

177 옷 갈아입히기 전쟁

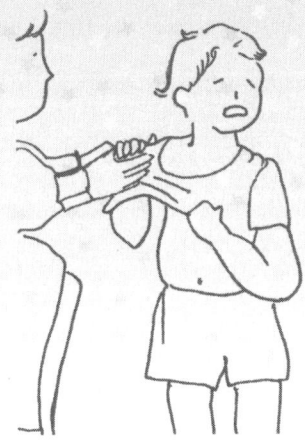

이 전쟁을 치르기 전에, 그 난리 자체에 대한 것을 이해하세요.

엄마가 골라준 옷을 싫어하거나, 입는 것조차 거부하는 여자 아이. 옷에 대해 이런 저런 불평을 하는 것은 아이의 고집 때문입니다.

어떻게 해서라도 옷을 입히는 것이 목적이고, 게다가 아이도 그날 집에 있을 예정이라면 전쟁을 시작해 봅시다.

하지만 친구 집에 놀러나가거나, 유아원이나 어린이집에 갈 때 공주 옷을 입고 가겠다고 한다면 5일째 입었던 옷이라도 입혀주세요. 같은 옷을 두 벌 사서 적어도 아이가 깨끗하게끔 해주면 더 좋겠죠?

선생님이나 이웃의 부모들은 아이의 이런 행동을 익히 알고 있습니다. 그러니 조금 더러운 옷을 입고 와도 부모를 탓하지는 않을 겁니다.

한겨울 눈보라가 치는 날에 여름옷을 입으려고 고집한다면, 아래처럼 해보세요. 조금은 효과가 있을 겁니다.

★ 적당한 옷을 몇 벌 주세요. 스스로 고르게 하면 승리감 같은 걸 느낄 겁니다.

★ 아이가 고른 옷에 대해 칭찬해 주세요.

★ 빨리 입으면 적절한 보상을 해주세요.

★ 필요하다면, '안 좋은 행동을 하면 상을 주지 않을 테야.' 하고 주의를
주세요.

★ 아빠가 있다면, 아빠에게 옷 갈아입히는 일을 맡기세요. 옷 갈아입히는
사람이 달라지면 옷 갈아입히기 전쟁도 좀 수그러지기도 해요.

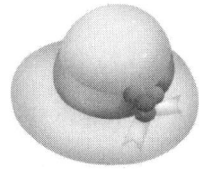

 아이가 스스로 선택하게끔 해주세요

178 울지 말고 말해 봐!

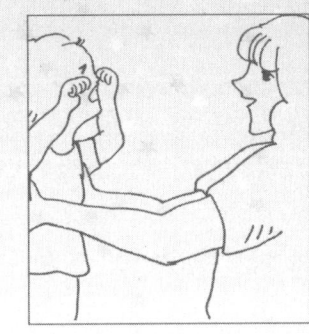

아이가 가장 좋아하는 봉제 인형이 어쩌다가 아기 동생 침대로 들어가서는 동생이 만지고 입에다 넣기도 하지요. 이런 불쾌한 행동을 발견하고 큰 아이는 여태껏 본 적 없는 히스테리를 부리기 시작합니다. (아마 난폭해질 겁니다.)

제 아내는 '울지 말고 말해 봐'라는 말을 덥석 하기보다는, 오히려 더 멋진 방법으로 아이를 다룬답니다.

아이의 손을 잡고 엄마의 눈을 보게 합니다. 그런 다음, 아이가 '잉, 내 인형을 가져갔어.'라고 말할 때, 심호흡을 시킵니다. 그리고 '잘 모르겠구나. 울지 말고 말해 봐.'라고 말합니다.

그러면 아이는 자기가 왜 남의 소유권을 이해하지 못하는지 터놓고 이야기하기 시작하죠. 아이가 울지 않고 감정을 설명하게끔 하여 참는 것의 소중함을 가르칩니다. 이를 통해 현재의 불쾌한 상황을 긍정적이고 자신감을 얻을 수 있는 경험으로 바꿀 수 있습니다.

 아이가 터놓고 이야기할 수 있도록 유도하세요

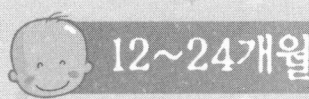

179 생각 시간 1

아이가 계속해서 짜증을 낼 때 잠시 머리를 식힐 수 있는 '시간'을 주는 것도 좋습니다. 하지만 몇 가지 주의해야 할 점이 있습니다.

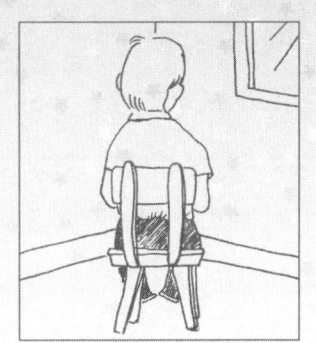

먼저 냉각 시간입니다. 아이가 저지른 잘못이 '시간'이 필요한 것인지 아닌지 판단하고 항상 일관되게 반응해야 합니다.

아이가 잘못을 하면 무엇을 잘못했는지 설명하고 ('동생을 때리지 말라고 엄마가 말했었지?') '생각 시간'을 가지세요. 그리고는 방구석으로 보내거나 반성용 의자에 앉힙니다. 아이에게 시간을 준 뒤, (2~3분이면 충분합니다.) 다시 한 번 무엇이 잘못된 행동인지를 설명해 줍니다. '엄마는 너를 사랑하기 때문에, 때로는 엄마의 말을 잘 듣게 하려고 이런 시간을 갖는 거란다. 다시 이렇게 할 필요가 없었으면 한다.' 하고 아이에게 이야기해 줍니다.

'생각 시간'은 아이가 마음을 진정시키기 위한 시간입니다. 항상 힘이 넘치는 아이와 노는 것에 너무 지쳐 좀 쉬고 싶을 때는, 우선 열까지 세고 나서 힘들게 하지 않는 다른 놀이를 찾아보도록 하세요.

Tip **생각 시간은 아이가 마음을 진정시키도록 해주어요**

180 생각 시간 2

아이에게 '생각 시간'을 주었는데도 별 효과가 없습니까? 원인은 엄마와 아이 둘 중의 하나 때문입니다. 나쁜 행동이 조금도 고쳐지지 않는 것은 바로 엄마 탓일지도 모릅니다. 엄마가 마음이 약해서이죠.

'생각 시간' 동안에는 놀아서는 안 됩니다. 이 시간에는 말도 하지 말아야 하고, TV를 보거나 벽을 차거나 장난감을 가지고 놀아서도, 자기가 좋아하는 물건을 가지고 있어서도 안 됩니다. 안쓰러운 마음에 정해 둔 시간보다 빨리 끝내는 것도 안 됩니다. 이럴 때 타이머를 사용하면 엄마와 아이가 정해 둔 시간을 지키는 확실한 방법이 됩니다.

'생각 시간' 이후에도 나쁜 행동을 계속하거나 '생각 시간'을 지키지 않으려 하면, 그 장소에 엄마가 직접 데려다 앉히고는 필요하면 강제로 붙잡아놓으세요.

제 아내는 아들의 양팔을 꽉 잡아 벽을 보게 하고는 녀석에게 돌아보지도 못하게 하고 말도 하지 못하게 붙잡아놓는 식으로 '생각 시간'을 잘 이용했습니다.

모든 아이들에게는 이러한 교육이 필요합니다. 보통 아이들보다 이러한 교육을 더 자주 필요로 하는 아이도 있습니다. '생각 시간'을 한두 번 갖게 되면 아이도 엄마 아빠가 무엇을 말하려고 하는지 그 뜻을 이해하게 됩니다.

 Tip 엄마의 마음이 약해서는 안 돼요

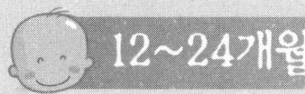

181 힘을 다른 데로 돌리기

마음대로 안 되는 장난감, 세 살짜리 아이와 한 방에서 놀고 있는 16개월 된 아이. 세상에서 이처럼 아이를 좌절시키는 것은 없습니다. 열 번이 넘게 블록을 쌓으려고 애쓰고 있는데 오빠가 그걸 신나게 쓰러뜨리면 아이의 서러운 울음소리로 온 방이 시끄러워질 겁니다.

싸움으로 문제를 해결하기에는 아이들이 아직 너무 어립니다. 그래서 한 명을 떼어놓고 가능하면 엄마가 하고 있는 일을 도와달라고 하세요. 부엌에서 일하고 있었다면 음식을 만드는 데 알맞은 냄비를 골라달라고 해보세요. 빨래를 하고 있었다면 세탁물을 색깔별로 나누는 걸 시키세요. 무슨 말인지 알겠죠? 좋은 생각이 떠오를 겁니다.

 아이의 넘치는 힘을 다른 데로 돌리세요

182 지킬 수 있는 약속하기

아이에게 '보상'을 해주는 작전은 적절히 활용한다면 효과적인 방법입니다. 어떤 행동이 '육아에 올바른 것인지'를 까다롭게 체크하는 사람들도 가끔은 유효하다고 인정하는 것이니까요.

사실 한 살짜리 아이의 인생은 대단히 힘든 삶입니다. 장난감이 뜻대로 움직여 주지도 않고, 엄마 아빠의 기분이 항상 좋은 것만도 아닙니다. 맛있어 보이는 것도 알고 보면 싫어하는 맛이기도 합니다. 길고 힘든 하루를 보낸 아이가 팔다리를 휘저으며 투정 부리는 것 말고 할 수 있는 일이 무엇이 있을까요?

때로는 이렇게 짜증내고 우는 걸 멈추기 위해 보상을 해주는 것도 좋습니다. '하루 종일 착한 아이로 지내려고 노력한 걸 엄마가 알고 있단다. 엄마가 저녁을 준비할 동안 조금만 더 착하게 있으면 네가 제일 좋아하는 사탕을 하나 줄게.' 하고 말해 보세요. 오후에 쇼핑을 했다면, 아이가 가지고 싶은 거 하나쯤 사주도록 하세요.

선물을 주는 즐거움을 할머니, 할아버지들만 맛봐야 하는 건 아니니까요.

 Tip 약속을 지키면 칭찬을 많이 해주세요

183 폭발하기 전에 해결하기

아이의 불만이 쌓여 폭발하기 전에 해결해 주세요. 상황이 악화되기 전에 완화시켜야 합니다. 아이가 참을 수 있는 한계가 어디쯤인지 알고 있다면, 아이가 폭발하기 전에 다른 것을 시켜보도록 하세요.

아이를 언니 오빠나 또래 친구들에게서 떼어놓고 싶다면, 아이들 모두에게 다른 일을 시켜봅니다. 아이가 낮잠을 자려 하지 않을 때, 엄마가 하던 일을 정리하려고 TV를 켜놓은 것이라면 그것도 괜찮습니다. 30분 정도 지나면 아이는 TV보다 좀 더 활동적인 놀이를 할 준비가 되어 있을 겁니다.

아이의 수준에 맞지 않는 것을 시켜서 상황이 수습되지 않고 폭발했을 때는, 이미 엄마도 알고 있는 잘할 수 있는 것을 시킵니다. 배가 고픈 게 문제라면 끝까지 해낼 수 있게 간식을 주도록 하세요. 그리고 잊지 말고 다시 확인하세요. 아이에게 너무 많은 걸 시키려는 건 아닌지 말예요.

엄마의 기분이 폭발하기 직전이라면, 상황을 반전시킬 수 있도록 아이에게는 좀 더 조용한 활동을 시키세요.

 Tip 아이의 한계를 넘어선 일을 시키지 마세요

184 '안 돼' 라고 했으면 '안 돼!'

울어도 안 되는 것이 있다는 것을 가르쳐야 합니다.

아이가 끔찍하게 울어대는 걸 보고 싶은 사람은 아무도 없을 겁니다. 필요 이상 그런 상태가 길어지는 것을 보고 싶어 하지도 않을 겁니다. 그런 걸 참아주는 것이 사랑도 아니고요.

버릇없는 아이에게 단호하지 못하고 애매한 태도를 취하거나 쩔쩔매다가 말을 들어주면, 아이는 '뭔가 원할 때에는 울고 불며 떼를 쓰면 되는 구나.' 라고 생각하고 그렇게 행동합니다. 자기가 좋아하는 비디오를 꺼버렸거나 다시 틀어주지 않는다고 떼를 쓸 때는 '안 돼!' 라고 딱 잘라 말해야 합니다.

이렇게 하여 아이는 따라야 할 규칙이 있다는 것, 자기의 고집만으로 안 되는 것이 있다는 것을 배우게 됩니다. 올바르게 행동하면 그에 따른 보상을 받지만 버릇없이 굴 때는 아무것도 얻을 수 없다는 것을 스스로 깨달아야 합니다. 아이가 어렸을 때 이러한 기본적인 규칙을 깨닫지 못하면, 나중에 아이의 세상은 훨씬 더 혼란스러워집니다.

 되는 것과 안 되는 걸 분명히 말해 주세요

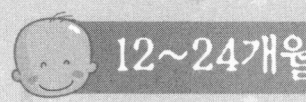

185 네가 화났다는 걸 엄마도 알아!

화를 내고 떼를 쓰는 것은 뭔가를 제지당했을 때 나타나는 분노입니다. 소리 지르고, 울고, 발을 차면서 (겉으로는 그렇게 보이지 않지만.) 아이는 엄마의 말을 알아듣는 능력이 있습니다. 아이는 '좋아, 앞으로 한 시간 더 TV 봐도 돼.' 라는 말은 알아듣지만, '네가 화났다는 건 알지만 이미 안 된다고 엄마가 말했지?' 라는 말은 듣지 않는 것입니다.

아이의 듣는 능력을 이용해서, 아이의 기분을 이해하고 있으며, 그렇게 화를 내고 떼를 쓰는 것에 대해 엄마의 기분도 좋지 않다는 것을 아이에게 전달해 주세요.

부정적인 감정은 삶에 있어서 정상적인 한 부분이므로, 엄마가 아이의 그런 감정을 알고 있다고 이해시켜 보세요. 이것은 아이가 살아가면서 다가올 더 큰 좌절과 실망에 대처해 나갈 방법을 가르쳐주는 것입니다.

 아이의 기분을 이해하고 있다는 걸 전달해 주세요

186 이불 가져가기

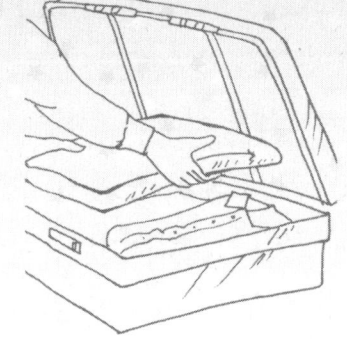

주말 할머니 댁이나 가족여행을 떠날 때는, 아이가 좋아하는 이불을 꼭 챙겨가세요. 다른 어떤 것도 아이가 좋아하는 그 이불을 대신할 수 없을 테니까요. 아이는 아마 아예 덮을 생각도 안 할 겁니다.

이 이불은 여행 중에 잠을 재우는 데도 큰 도움이 되고, 익숙지 않은 환경에서 아이에게 편안함을 느끼게 해줍니다. 새로운 것에 적응이 느린 아이에게는 더욱 그렇습니다.

베개도 같이 가지고 가세요. 낯선 잠자리에서 재우는 일이 훨씬 편해집니다. 특히 밤에 좀처럼 잠을 자지 않는 아이는 환경의 변화에 민감하므로 항상 베던 베개가 있느냐 없느냐는 아주 큰 차이입니다.

 아이가 좋아하는 이불을 가지고 가세요

187 엉덩이 때리기

말을 잘 듣게 하거나 벌을 주려고 아이를 때려서 는 안 됩니다. 때리는 것은 아무런 체벌의 효과도 없 습니다. 엉덩이를 맞는 일과 맞지 않는 일이 있다는 것 이외에는 아무것도 가르칠 수 없습니다. 아이는 때리는 사람이 아무도 없으면 다시 나쁜 행동을 하 게 되므로 때린다고 효과가 있는 것은 아닙니다.

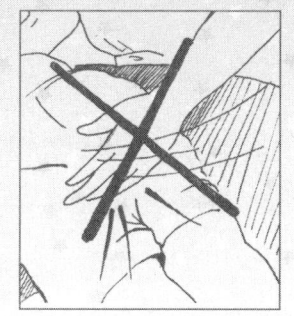

오히려 엄마를 싫어하게 되거나, 엄마와의 관계에서 무엇인가 불신을 느끼게 됩니다. 아이는 '내가 이렇게 하면 엄마가 나를 안아주는 좋은 엄마가 될까 아 니면 나를 때리는 나쁜 엄마가 될까?' 하고 혼란스러워합니다.

힘센 사람이 항상 옳다고 아이에게 가르쳐주고 싶나요? 아니면 폭력이 때로 는 받아들일 만한 것이라고 생각하고 있나요?

 Tip **때려서는 절대로 안 돼요**

12~24개월

188 공공장소에서 떼쓰고 울기

슈퍼마켓에서 아이가 과자를 사달라고 떼를 쓰면?

아이가 울고 불며 떼쓰는 것은 항상 최악의 순간에 일어나는 것 같습니다. 가게에서, 차 안에서, 밥을 차리려고 허둥지둥 댈 때 꼭 그런답니다. 집에서 식구들끼리 해결하는 것과 공공장소에서 다른 사람들이 다 보고 있는 것은 커다란 차이가 있습니다. 엄마들은 보통 공공장소에서 이런 일을 당하면 빨리 아이를 조용히 시켜야 한다고 생각할 것입니다. 이성적이고 재치 있게, 그리고 너그러운 부모가 돼야 한다고 말이죠. 하지만 때로는 악역을 맡아야 합니다.

아빠가 늘 사주던 막대사탕을 사달라고 슈퍼마켓에서 울고 불며 난리를 쳐도 이미 '안 돼.'라고 했으면, 정말로 안 된다는 것을 보여주어야 합니다. 아이가 공습경보라도 울린 것처럼 요란하게 소란을 피워도, 언짢은 표정으로 사람들이 쳐다봐도 끝까지 포기하면 안 됩니다. 다음에 슈퍼마켓에 갈 때는 다른 사람들이 당신을 보고 '나도 우리 아이에게 저렇게 단호하게 대할 수 있으면 좋겠어.' 하며 당신의 행동을 부러워하며 칭찬하게 될 겁니다.

Tip 한 번 '안 돼'는 끝까지 '안 돼'

189 음식 떼쓰기

아이가 접시에 생선이 올라와 있는 것을 보면 날뛰지는 않나요? 테이블 위에 놓여 있는 고등어 요리를 보면 자기 머리카락이라도 잡아당길 기세 아닌가요?

이 정도면 안 먹어서 곤란한 정도를 넘어선 것입니다. 단지 어떤 종류의 음식이 있는 것만으로도 아이에게 나타나는 한바탕의 히스테리가 문제입니다.

이럴 때 어떻게 대처하나요?

1. 다른 것을 내어본다. (아이가 먹는다는 보장이 없음에도 불구하고.)

2. 어른들이 매일 먹는 똑같은 음식을 내어본다.

3. 아이가 식탁을 떠나도 내버려둔다.

4. 위 세 가지를 모두 해본다.

답은 (4)입니다. 아이가 피곤한 하루였다면, 약간의 타협을 하는 편이 아이의 기분을 위해서도 평화로운 저녁 식사를 위해서도 좋을 겁니다.

우선 아이가 좋아하는 것을 먹이세요. 아이가 좋아하는 것인데도 마다한다면, (2)로 넘어가세요. 아이가 마음이 바뀌어 싫어할지도 모르지만 여기서 포기해서는 안 됩니다.

다음으로 (3)으로 넘어갑니다. 아이는 배가 고플 때 먹는다는 걸 기억하세요.

 배가 고프면 먹어요

190 빡빡한 일정

문제는 엄마가 일정을 너무 많이 잡는 데 있습니다. 오전에는 너무 많은 일정을 잡지 마세요. 아이가 재미있게 놀고 있는데, 친구랑 헤어져서 또 다른 친구 집에 가야하기 때문에 우는 거라면 일정을 생각해 보세요.

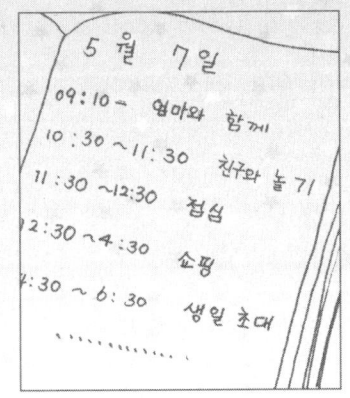

5 월 7 일
09:10 ~ 엄마와 함께
10:30 ~11:30 친구와 놀기
11:30 ~12:30 점심
12:30 ~4:30 쇼핑
4:30 ~ 6:30 생일 초대
. . . .

어떤 아이는 과도한 자극으로 흥분해 있을 때, 다른 아이와 함께 있으면 오히려 화를 내기도 합니다. 오전 중에 한 친구와 노는 것으로 충분한 아이라면, 그 이상을 아이에게 요구하지 마세요.

엄마가 계속해서 다른 친구들을 만나러가고 싶거나, 또는 갈 수밖에 없다면 일정을 좀 느슨하게 조절하세요. 아이가 칭얼대고, 지치고, 욕구 불만이라면 친구를 만나도 조금도 즐겁지 않을 테니까요.

 Tip 아이의 하루 일과를 약속으로 채우지 마세요

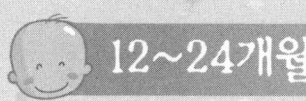

191 통제

'스스로 생각 시간을 선언하다니!'

때론 아이가 일부러 버릇없이 구는 것처럼 보일 수도 있습니다. 악마한테 홀린 것일까요? 예를 들면 하지 말라는 심술궂은 행동을 한 다음, (동생을 넘어트리고, 바닥에 그릇을 던져버리고, 벽에 낙서하는 등.) '생각 시간'을 외치며 방구석으로 뛰어 들어갑니다. 하지만 이는 자신의 주위 환경을 자신의 뜻대로 컨트롤하려는 기술인지도 모릅니다. 아이는 이런 행동을 통해 여러 가지를 전달합니다. 어떤 것이 나쁜 행동인지 알고 있고, 그런 행동을 하면 어떻게 될지 알고 있다는 것을 보여주는 겁니다.

아이가 심술궂은 행동을 하길 원하는 충동과 이를 저지하기 위한 엄마와의 싸움에서, 항상 엄마가 유리한 입장에 놓여 있는 것은 아닙니다. 하지만 아이와 마찬가지로 엄마도 '생각 시간' 원칙을 고수할 수 있습니다. 아이가 요구하면 '생각 시간'을 주고, 필요하면 그 시간을 연장하세요. 그리고 계속해서 심술궂은 행동을 한다면 칭찬을 해주지 마세요.

이런 상황에서도 희망을 잃지 마세요. 아이를 교육시키는 데 들인 노력은 더디더라도 결실을 맺을 테니까요.

 주변 환경을 스스로 통제하려고 해요

192 약 먹이기

대부분 약은 고약한 맛이 나는 건 어쩔 수 없어요. 그래서 그 맛을 상쇄하기 위해서 반짝이는 아이디어를 발휘해야 할 필요가 있습니다.

약을 먹는다는 걸 모르게 할 수 있다면, 약을 먹기 싫어서 우는 일도 없을 겁니다.

제약회사는 맛을 향상시키기 위해서는 어떤 고생도 마다하지 않습니다. 병원에서는 흔히 과일 즙을 넣어 먹여도 괜찮다고 합니다. 하지만 아이는 귀신같이 약이 들어 있다는 걸 압니다.

그럴 때는 감자 칩과 같은 짠 맛이 나는 걸 좀 먹이세요. 그러면 목이 마릅니다. 이때가 약을 먹일 기회입니다. 약은 그 상태로 먹이든, 과즙을 탄 것이든 관계없습니다.

Tip 과일즙을 타서 먹이거나 먼저 짠 음식을 먹이세요

193 머리카락 잡아당기기

머리를 잡아당기는 행동은 유아 후기와 아장아장 걷는 아이 때도 일반적으로 보여주는 행동입니다.

자신의 머리카락을 잡아당기고 싶은 기분은 어른들에게도 있을 겁니다. 그래서 아이도 잡아당기지요. 단지 그 차이는 아이는 정말로 잡아당긴다는 겁니다.

짐작하다시피 욕구 불만이나 화가 났다는 표시입니다. 모든 게 엉망진창이고 기분이 안 좋은, 하루가 끝날 무렵에 일어납니다. 머리를 잡아당기면서 장난감이나 음식물을 집어던지거나, 옷을 잡아당기기도 합니다. 처음에는 몸을 흔들거나, 머리를 찧는 것과 마찬가지로 자기를 자극하기 위한 행동으로 이렇게 하기도 합니다. 그렇게 하다가 너무 심하게 해서 다치기도 합니다.

답은 간단합니다. 왜 기분이 상했는지 이유를 알아내서 그 원인을 없애주고 아이를 진정시키고 폭풍이 지나가도록 내버려두는 수밖에 없습니다. 조금 더 크면, 머리를 잡아당기는 것 말고 짜증이 날 때 기분을 푸는 다른 방법을 가르쳐 줄 수 있을 겁니다. (베개를 때리게 하거나 오래된 수건을 찢게 하거나 등.)

 욕구 불만의 원인을 찾으세요

194. 칭찬 스티커를 활용하세요!

아이가 어느 정도 자라면, (보통은 18개월 정도가 되면.) 짜증을 내고 화를 내는 아이와 협상을 할 수 있게 됩니다. 협상 카드는 아주 간단합니다. 반짝이는 별 스티커니까요. 1시간 동안 착한 행동을 할 때마다 스티커 판에 반짝이는 별 스티커를 하나씩 붙여주세요. 착한 행동에 대한 보상입니다. 아이가 징징거리기 시작하거나 소리 지르고, 물건을 집어던진다면 스티커 판을 들어서 보여주세요. 그리고는 아이에게 울고 소리 지르는 나쁜 행동을 멈춘 5분 뒤에 스티커를 하나 붙여주겠다고 말해 보세요.

처음엔 스티커만으로 충분한 보상이 됩니다. 조금 지나면 아이는 종이 위에 스티커를 붙여두기보다는 자기 옷을 스티커로 장식하고 싶어 할 겁니다. 좀 더 자라면, 아이는 스티커로 자신을 통제하려는 엄마의 속셈을 알아챌 것이고, 그때쯤이면 엄마는 진짜 거래를 포함한 새로운 흥정으로 방향을 전환해야 하겠지요. 스티커를 10개 또는 15개를 모으면, 상으로 비디오를 볼 수 있다거나 맛있는 디저트를 먹을 수 있다거나 하는 식으로 말예요.

 착한 행동을 할 때마다 별 스티커를 붙여주세요

195 어금니

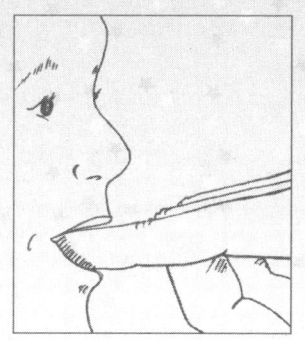

입 안 양쪽에 첫 번째 어금니가 나는 시기는 대략 19개월쯤 됐을 때입니다.

첫 어금니가 날 때도 첫 이가 날 때처럼 아이는 고통스러워하죠. 계속되는 통증 때문에 잠에서 깨기도 합니다. (그 때문에 아이가 갑자기 새벽에 울기 시작하거나 울음소리가 달라지기라도 하면, 늘 중요하게 생각하고 꼼꼼히 살펴봐야 합니다.) 물론 낮에만 고통을 호소하는 아이도 있죠. 첫 이가 날 때처럼, 어금니가 날 때도 차갑게 한 물리개(이가 날 무렵에 물리는 고무로 된 장난감)가 효과적입니다. 하지만 얼린 음식은 주의하세요. 먹은 후 입속에서 녹을 때, 아기의 목이 메게 할 수 있으니까요. 특히나 음식물이 이미 목 뒤쪽으로 넘어간 뒤에는 더더욱 위험하지요.

 어금니가 날 때도 고통스러워해요

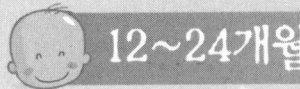
196 형처럼 행동해야지!

두 살짜리 아이는 여전히 '아기'일뿐입니다. 상처를 입거나, 짜증이 나거나, 혹은 엄마가 밖에 나가는 것이 싫어서 울 나이죠. 아이에게 '형처럼 행동해야지.' 하고 말하지 마세요. 사실, 아이는 자기보다 훨씬 큰 형들이 비슷한 사안으로 울음을 터트리는 걸 수없이 봐왔을 겁니다. 그러니 형처럼 행동하라는 엄마의 충고는 전혀 효과가 없지요. 게다가 아이는 아직 자신을 '다 큰 소년'처럼 생각할 만한 이성적인 능력을 갖추지도 않았답니다.

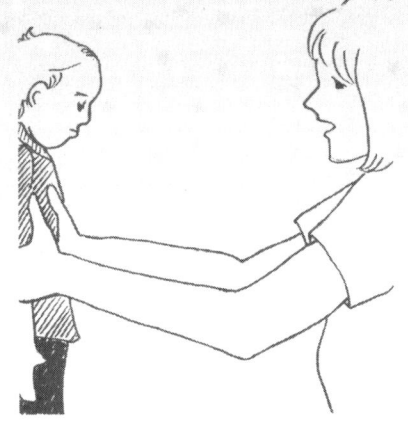

아이가 짜증을 낼 때 뽀뽀해 주고 꼭 껴안아주세요. 엄마 아빠가 그동안 즐기지 못했던 데이트를 하러 나갈 때, 아이에게 '안녕!' 하며 손을 흔들어주고, 돌아와서 많이많이 안아주고 뽀뽀해 주겠다고 약속해 주세요.

Tip 형과 비교해서 말하지 마세요

12~24개월

197 억지로 먹이기

아이에게 밥그릇을 비우라거나 자기 식탁을 치우라고 강요하지 마세요. 덜 먹었다고 벌을 주지도 마세요. 식사 시간에 식탁에 조용히 앉아 있도록 아기를 구슬리고 얼러야 할지도 모릅니다. 하지만 그렇게 공을 들여도, 아이는 평소 좋아하던 음식마저도 한두 번 마지못  해 먹고는 흥미를 잃어버릴 겁니다. 사실 중요한 것은 아이가 온 가족이 모여서 다같이 식사하는 모습을 보는 것입니다. (다행히 온 가족이 모여서 오붓하게 식사할 수 있는 여유가 있다면요.)

그러므로 아이가 배고프지 않을 때는 다른 가족들이 식사하는 것을 앉아서 지켜보게 하세요. 아이의 양보다 더 많은 음식을 억지로 먹이려 하지 마세요. 과잉 섭취가 계속되면 결국 비만해질 뿐이니까요. 신생아 때는 뚱뚱해도 괜찮지만, 그 이후 시기에도 뚱뚱하다면 그건 문제가 있답니다.

 덜 먹었다고 벌주지 마세요

198 우는 아이로 덕 보기

누구라도 슈퍼마켓에서 줄 서는 걸 원치 않을 겁니다.

10개 이하의 물건을 계산하는 전용 카운터에도 줄이 많이 서 있을 때, 보통 사람들은 시끄럽게 울어대는 아이와 엄마를 먼저 계산하도록 해줄 겁니다.

그 사람들에게 먼저 앞에 서도 될지 직접 물어보는 건 현명한 방법이 아닙니다. 왜냐 하면 자기 뒤에서 아이가 몇 분을 울어대면 그걸로 충분하니까요. (울고 있는 아이를 몇 번 정도는 달래려 이리저리 해봐도 아이를 조용히 시킬 수 없다는 걸 확신시켜 주어야 해요.)

또, 붐비는 지하철이나 버스 안에서 앉을 자리가 없을 때도 자리를 양보 받을 수 있을 겁니다. 또 뭐가 있을까요? 생각해 보세요.

 가끔은 우는 게 유리할 때도 있어요

199 마지막 조언

마지막으로 제가 해줄 수 있는 말은 이것밖에 없습니다. 아기는 시간이 지나면 심하게 울지 않는다는 겁니다.

그렇게 되기까지가 (길고 어두운 터널 끝에 보이는 희미한 빛처럼 상상할 수 없을 정도로.) 멀게만 보일지 몰라도 그런 때가 오리라는 희망을 가지고, 그 빛을 바라보는 시간을 가져보세요.

그때쯤엔 우리 아이가 이렇게 작았다니, 이렇게 통통하고 발그레한 모습으로 세상이 신기하기만 했다니 믿어지지 않을 겁니다.

말을 하기 이전, 걷거나 기지도 못했던 시기, 딸랑이를 잡고 흔들고 기분 좋아 소리를 지르기 전, 작고 통통한 양팔에 자기의 머리도 얹지 못했던 시간들, 그리고 날마다 우는 가운데서도 (생각하면 그것보다 더 큰 일은 없었다.) 생각지도 않게 보여준 따뜻하고 예쁜 미소를 떠올릴 겁니다.

 아기의 예쁜 미소를 생각하세요

| 감사의 말 |

이 책을 내는 데 도움을 주신 많은 분들께 감사의 말을 전합니다.

누구보다도 우리 가족의 영감의 근원이며 선생님이기도 한, 제 아내 힌디에게 고맙다는 말을 전합니다. 온 정성을 쏟아, 셀 수도 없을 정도로 읽고 또 교정을 해주어서 종종 울음을 달래는 비법을 계속해서 덧붙여야 했습니다. 앞으로 오랫동안 윤리학자들을 골치 아프게 할 겁니다.

그리고 이 책이 제대로 나오도록 함께 신경 쓰며 힘을 불어넣어 준 에이전트 장 핸슨과 애덤스 미디어의 편집자 팜 리플랜더에게도 진심으로 감사드립니다.

마지막으로 이 책에 소개된, 흥미 있고 유별난 응석받이 아이들을 다루는 방법을 정리할 수 있도록 조언과 의견을 주었던 메릴랜드 주 포토맥의 엄마들에게도 고마운 마음을 전합니다. 엄마들의 명단을 전부 가지고 있었는데, 제 컴퓨터가 다운되면서 그만 다 없어져….